Aranea
oder
Das rote Netz

Axel Rüffler

Der Autor

Axel Rüffler, 1963 in Halle/Saale in der DDR geboren, machte eine Ausbildung zum Elektriker in den VEB Leuna Werken und reiste 1988 in die BRD aus. Danach absolvierte er eine Ausbildung zum Krankenpfleger in der forensischen Psychiatrie, wo er bis heute arbeitet. Er entdeckte erst spät, im Alter von 50 Jahren seine Leidenschaft am Schreiben, als er in der bierseligen Runde eines Bildungsurlaubes aufgefordert wurde, die Geschichten, die er erzählte, zu Papier zu bringen. Er sagte zu und begann am nächsten Tag seinen autobiografischen Roman „Letzter Ausweg Staatsfeind".
Nach „Abseits" und „Katzengold" erscheint nun mit „Aranea oder Das Rote Netz" sein dritter Kriminalroman.

Axel Rüffler

Aranea
oder
Das Rote Netz

Kriminalroman

Impressum

Bibliografische Information der Deutschen Nationalbibliothek:
Die Deutsche Nationalbibliothek verzeichnet diese Publikation in
der Deutschen Nationalbibliografie; detaillierte bibliografische
Daten sind im Internet über http://dnb.dnb.de abrufbar.

TWENTYSIX – Der Self-Publishing-Verlag
Eine Kooperation zwischen der Verlagsgruppe Random House
und BoD – Books on Demand

© 2017 Axel Rüffler
© 2017 Coverfoto: Sabine Schultz

Herstellung und Verlag:
BoD – Books on Demand, Norderstedt

ISBN: 9-783740-731717

Was bisher geschah

Alles begann mit einem anscheinenden Routinefall. Kommissar Moulin aus Südfrankreich wurde nach Cassis geschickt, um das Verschwinden eines Jungen zu untersuchen und klärte dabei mit Hilfe seiner Kollegen Renard und Simond zwei der spektakulärsten Kriminalfälle der Nachkriegsgeschichte auf.

Nach den Fällen „Abseits" und „Katzengold", wo die Spur zur ehemaligen Staatssicherheit der DDR führte, stehen die drei Ermittler nun vor ihrem schwersten Fall, „Aranea". Mittlerweile bei Europol, bekommen sie es hierbei mit dem ehemals besten Geheimdienst der Welt zu tun, der auch nach dem Ende der DDR noch in Teilen weiterhin zu existieren scheint.

Personen und Handlungen der Kriminalromane sind frei erfunden. Übereinstimmungen mit real existierenden Personen oder Firmen sind nicht beabsichtigt.

Die beschriebenen Orte können zum Beispiel über die Facebook Autorenseite durch die jeweilige Foto-Tour mit der eigenen Fantasie abgeglichen werden.

„Wir sind das Volk!" Jemand hatte diesen Satz gerufen, als die ersten Volkspolizisten vorfuhren, an diesem Montag in Leipzig, als Bernd sich das erste Mal entschlossen hatte, auch an der Demonstration teilzunehmen.

Nach einem kurzen Moment der Stille wiederholten die ersten diesen Satz, und bei jeder Wiederholung wurden es mehr, immer mehr.

Bernd bekam Gänsehaut, aber er traute sich noch immer nicht, mitzumachen. Diesen Satz auszusprechen kostete ihn so viel Überwindung, denn er wusste, dass er auf ihn nicht zutraf.

Bernd war mit zu der Demo gefahren, weil auch er unzufrieden war. Dabei war in seinem Leben eigentlich alles blendend gelaufen, bis zu diesem Ausscheidungswettkampf, den er zwar klar gewonnen hatte, danach aber trotzdem nicht er zum Nationalkader nominiert wurde, sondern sein Gegner, den er in diesem Kampf besiegt hatte. Die Siegquote über das ganze Jahr wäre der entscheidende Grund gewesen. Der Grund für das Ende seiner Ringerkarriere, in die er so viel Energie, Kraft und Überwindung investiert hatte. Die Überwindung, Sachen zu tun, die er eigentlich nicht wollte. Diese drei Jahre bei der Nationalen Volksarmee, ohne die schon viel früher mit der Sportförderung Schluss gewesen wäre. Und da waren noch diese Medikamente, vorbeugend gegen Verletzungen, hieß es, die nehmen doch alle.

Bernd war sich sicher, diese schreckliche Akne auf Brust und Rücken hatte damit zu tun, und die Salbe, die er daraufhin bekam, verschlimmbesserte das Problem nur.

Jetzt, nach dem Ende des Sports, wenn er sich manchmal vor dem Spiegel etwas zur Seite drehte und seine Ohren betrachtete, die durch die ständigen Knorpelbrüche völlig verwachsen waren, fragte er sich, wofür das alles.

All diese Gedanken gingen ihm durch den Kopf, als das „Wir sind das Volk!" in seiner wachsenden Präsenz erneut eine gewaltige Gänsehaut bei ihm auslöste und er bei der nächsten Wiederholung wie automatisch mitrief.

„Die Mauer ist offen!" Bernd konnte sich noch genau an den Satz erinnern, den sein Vater an diesem denkwürdigen Abend sagte und ihn noch dreimal wiederholte, als müsse er sich selbst davon überzeugen, dass das alles wahr ist, was die ganze Nacht im Fernsehen lief. Später kam die allumfassende Euphorie, die Hochstimmung, alles schien möglich, alles machbar.

Bloß Bernds Vater fiel nichts mehr ein. Seinem Café blieben die Gäste weg. Zu DDR-Zeiten war er die Nummer Eins in Halle mit seinem Laden, der vor allem auch bei internationalen Messegästen sehr beliebt war, die zusammen mit ihren Geschäftspartnern, die im Interhotel abgestiegen waren und dort hinter vorgehaltener Hand diese Empfehlung bekamen, am Abend etwas Zerstreuung jedweder Art suchten. „So etwas ist möglich, ein privates Café?" Bernd wusste gar nicht, wie oft er diesen Satz schon gehört hatte und die erstaunten

Blicke, die damit einhergingen. Für ihn war es das Normalste der Welt.

Wenn er am Wochenende zu Hause war, half er manchmal aus, mal legte er Platten auf, mal stand er hinterm Tresen. Die normalen Sorgen eines DDR-Bürgers kannte Bernd nicht.

Doch nun war alles anders. Früher war alles klar für Bernd, er würde den Laden seines Vaters übernehmen, so der Plan, der vorgezeichnete Weg. Jetzt hatte er nur ein Problem, die DDR war weg, und mit der DDR die Gäste. Viele hatten die arroganten Einlasskriterien nicht vergessen, die in einer Mangelwirtschaft durchaus funktionierten und auch in Studentenklubs ähnlich waren, denen man das komischerweise nicht so übelnahm wie ihm und seinem Vater.

Dazu kam, dass gefühlt jeder Zweite in den Westen gegangen war, um Arbeit zu suchen, und genau dieses Problem kam auch auf Bernd zu. Das Café ernährte nicht mal mehr seinen Vater, der inzwischen von seinen Rücklagen lebte. Und das übernehmen? Bernd war unsicher.

Immer öfter ging er abends ins Bermudadreieck, dieses Kneipenviertel, das aus dem Nichts entstanden war und wo man aus provisorisch zusammengezimmerten Tresen Getränke verkaufte und sich auf dem Hof an Fässern, in denen ein Lagerfeuer angezündet wurde, aufwärmte. Das „Nee" hatte neu eröffnet, die „Kaffeescheune", und mit der Zeit wurden es immer mehr, die ihre Ideen verwirklichten. Alles lief, außer das Café von Bernds Vater.

Auch Bernd fühlte sich in der neuen Szene wohl. Er knüpfte neue Kontakte, lernte Leute kennen, die so gar nicht zu der Klientel der Gastronomie seines Vaters gehörten. Das Positive war, sie kannten auch seine privilegierte Vergangenheit nicht. Auf seinen sportlichen Körper angesprochen, antwortete er meist nur knapp, dass er mal Ringer war, und dann war das Thema auch schon durch. Alles war so unverkrampft. Die ersten Studenten aus dem Westen schrieben sich an der Uni in Halle ein und waren begeistert. Vor allem das Nachtleben elektrisierte sie, die Offenheit, die Neugierde der Leute. Es ließ sich einfach hervorragend und verdammt günstig hier leben.

Offenheit war für Bernd nach wie vor schwierig, seine neuen Freunde kannten ihn nicht wirklich, und wenn es nach Bernd ging, sollte es auch so bleiben. Er hatte sich eine neue Wohnung zugelegt und sie günstig eingerichtet. Man musste nur schneller sein als die ganzen Trödelhändler, meist aus Holland, die die Straßen der Altstadt abfuhren und nach alten Möbeln Ausschau hielten, die sie dann eilig in ihre Transporter luden. Wahre Schätze verschwanden da für immer. Schätze, an denen sich ihre Besitzer sattgesehen hatten, über die ganzen Jahre der Mangelwirtschaft. Nun standen die Erbstücke der Eltern und Großeltern als Sperrmüll auf der Straße. Eine Art Befreiungsschlag für die alten Eigentümer, die nun beflissen die großzügig in alle Briefkästen verteilten Kataloge von „Otto" und „Neckermann" nach neuen, günstigen und stylischen Möbeln durchstöberten, als wäre alles, was ihr Leben bisher ausgemacht hatte, ein Makel, den es nun auszumerzen galt. Der Lebensstandard musste so schnell wie möglich auf ein westliches Niveau gehoben werden. Die Ratenzahlungsangebote machten es einfach. Schöne neue Welt, die meist aus lackiertem Pappmaschee und billigen Scharnieren bestand.

Bernds neue Freundin fand dagegen die alten Sachen schick und trendig. Anna war ein Szenemädel, die sich jedem neuen

Trend verpflichtet sah, dazugehören um jeden Preis. Bernd und sein neues Leben waren in der Szene durchaus vorzeigbar. Bernd hatte sich auch einen Hund, einen beeindruckenden Rottweiler zugelegt. Hunde gehörten ganz einfach dazu, und manchmal musste er selbst schmunzeln über die Ähnlichkeiten, die Hund und Herrchen im Allgemeinen zugesprochen wurden. Bei seinem durchtrainierten Nacken und Oberkörper gab es schon eindeutige Parallelen zu seinem Vierbeiner.

Dieses Leben zu finanzieren wurde immer schwieriger für Bernd. So, wie es die meisten machten, kurz einen Job im Westen annehmen, bis man Anspruch auf Arbeitslosengeld hatte, welches dann im Osten ein sorgenfreies Leben ermöglichte, das kam für ihn nicht in Frage. Er war schon an den Abenden rasend eifersüchtig, wenn er tagsüber mit seinen Geschäften nicht genügend Geld auftreiben konnte, um die allabendlichen Club- und Kneipenbesuche zu finanzieren, die Anna für selbstverständlich hielt. Sie fand auch ohne Bernd immer jemanden, der sie aushielt, und wenn sie nach diesen Abenden nach Hause kam, meist erst am frühen Morgen, mit dem Geruch von fremden Männern in ihrem langen, roten Haar, stellte sich Bernd schlafend. Jede Muskelfaser in seinem Körper war in solchen Momenten bis aufs äußerste angespannt, doch Bernd wusste, wenn er jetzt mit Anna reden würde, konnte alles passieren. Am liebsten hätte er die ganze Wohnung kurz und klein geschlagen, doch er war vernarrt in sie und wollte sie nicht verlieren, also ertrug er diese Demütigungen.

Und jetzt war Anna auch noch schwanger. Insgeheim hoffte Bernd, dass das Kind vielleicht doch nicht von ihm war. Einerseits machte ihn der Gedanke völlig fertig, dass Anna sich mit anderen Männern vergnügte. Noch mehr quälte ihn jedoch die Vorstellung, das alles finanzieren zu müssen. Ein Job musste her. Möglichst viel Geld für möglichst wenig tun. So, wie Bernd es durch das Café seines Vaters und den damit verbundenen Kontakten und Privilegien gewöhnt war. Doch wie sollte das funktionieren? Er war ratlos.

Anna schien das alles nicht zu berühren. Okay, sie war schwanger. Aber was sollte sich denn für sie ändern? Bernd musste sich etwas einfallen lassen, nicht sie. Sie kannte genügend junge Frauen, die in der gleichen Situation waren. Die Zeit schien wie geschaffen dafür, alles veränderte sich. Die Stimmung unter den Menschen war so positiv wie noch nie. Dieser scheiß Kalte Krieg war vorbei. Die Russen hatten die Perestroika ausgerufen und nach der Wende mit dem Abzug ihrer Armee begonnen. Alles war so friedlich. Ein spürbares Aufatmen ging durch die Welt. Vereinzelt kamen noch mahnende Worte aus dem einen oder anderen Nachbarland, die ihre Bedenken hatten, welche Rolle ein wiedervereinigtes Deutschland in der Welt spielen würde. Aber das alles betraf Anna nicht.

Sie liebte das Leben. Die Partys, die Clubs, Grunge, diese neue Rockmusik, die wie geschaffen für diese Zeit war, und sie mochte Bernd, ihren väterlichen Freund. Bernd war so viel erfahrener und reifer als sie, doch manchmal erdrückte er sie fast mit seiner Fürsorge, damit, sie vor allem bewahren zu wollen. Anna wollte sich ausprobieren, das Leben spüren, und dazu gehörten auch andere Männer. Bernd war ihr Ruhepol, ihr sicherer Hafen, der sie vor den Turbulenzen dieser spannenden Zeit schützte und sie auffing, wenn sie mal über die Stränge geschlagen hatte. Und wenn einer ihrer neuen Errungenschaften nicht kapieren wollte, dass das nur eine

einmalige Geschichte zwischen ihnen war, dann nahm sie am nächsten Tag ganz einfach Bernd mit.
Bernd erstickte jegliche Diskussion allein durch seine körperliche Präsenz, schon bevor sie überhaupt begonnen hatte. Bernd, ihr Beschützer, den sie nach ihren erotischen Ausflügen mit Zuneigung überschüttete, um nicht den geringsten Zweifel bei ihm aufkommen zu lassen. Sie gehörte zu ihm, aber für das ruhige Leben, das er brauchte, war sie einfach noch zu jung und zu wild.
Bei einem dieser Typen hatte sie aber alle Vorsicht über Bord geworfen und sich nach längerer Zeit ein zweites Mal mit ihm getroffen. Sven, ein Kunststudent aus Köln, der sich auf der Burg Giebichenstein für ein Semester eingeschrieben hatte. Sie waren mit dem Porsche seines Vaters nach Seeburg gefahren und spazieren gegangen. Sven hatte so viel von sich erzählt, von seinen Projekten, seinen Eltern, die in Köln eine angesagte Galerie betrieben. Anna war fasziniert von ihm, seinem selbstsicheren Verhalten, seinem glamourösen Auftritt und von der Lederjacke, die er ihr beim zweiten Treffen schenkte, um sie, Anna, besser in sein „Gesamtkunstwerk Sven" zu integrieren, sie noch vorzeigbarer zu machen, wenn er sich mit seinen überheblichen Freunden traf. Mit diesen Leuten, bei denen Anna sich unwohl fühlte, sich klein vorkam. Doch Sven hatte sie schon wie selbstverständlich in seinen Besitzstand übernommen und stand nun einfach mit seinem geilen Porsche vor ihrer Tür und klingelte.
„Ich erkläre dir das später", hatte Anna nur kurz gesagt, „ich will diesen Typ nicht mehr sehen."
„Ist die Lederjacke von dem da?" wollte Bernd wissen.
„Ja", antwortete sie kleinlaut.

„Ich kaufe dir eine schönere", sagte Bernd leise und ging mit der Jacke in der Hand vor die Tür.

Anna schaute heimlich am Fenster zu, was da unten passierte.

Bernd schmiss Sven die Lederjacke ins Gesicht, als dieser daraufhin auf Bernd zustürmte, um ihn mit der Faust ins Gesicht zu schlagen, landete er mit der Hand auf dem Rücken und einem lauten Knall mit dem Gesicht voran auf der Motorhaube seines Wagens.

Bernd schob die Lederjacke mit dem Fuß in eine Pfütze, trat noch zwei Mal darauf, hob sie auf und schleuderte sie nochmals auf Sven, der leicht benommen gerade versuchte, von der Motorhaube aufzustehen.

Anna war in diesem Moment so unendlich stolz auf Bernd, ihren Beschützer, machte sich aber auch Sorgen, wie er reagieren würde, wenn er wieder zurückkam. Sie sah noch, wie Sven versuchte, so schnell wie möglich in seinen Porsche einzusteigen, um sofort mit quietschenden Reifen davonzufahren.

Bernd schaute kurz hoch zu dem Fenster, wo Anna das Geschehen beobachtete und jetzt erschrocken den Spalt des Vorhangs wieder zuzog. Nun hatte sich ihr Stolz in Angst verwandelt. Angst vor dem, was jetzt kommen mochte.

Bernd betrat die Wohnung und nahm seine Jacke vom Haken.

„Ich kann dir das alles erklären", sagte Anna hilflos und versuchte, ihn zu umarmen. Er stieß sie weg und sagte nur kurz: „Warte nicht auf mich, es wird später", dann ging er.

„Dreitausendfünfhundert D-Mark für 'ne neue Motorhaube und zweitausend D-Mark Schmerzensgeld will der Lackaffe!"
„Was hast du gerade gesagt? Ich habe dich nicht verstanden", sagte Jörg und beugte sich über den Tresen der „Kaffeescheune", an dem Bernd schon seit einigen Stunden saß und versuchte, sich volllaufen zu lassen. Aber jedes Mal, wenn er an den Brief des Anwalts dachte, war er schlagartig wieder nüchtern.
„Bist du sicher, dass du noch eins möchtest?" Jörg runzelte die Stirn, als er Bernds Bestellung aufnahm.
„Klar, mach' hinne!"
„Die Runde geht auf mich", sagte eine tiefe Stimme neben ihm.
Bernd blickte nach rechts. Er hatte gar nicht mitbekommen, wie dieser seriös wirkende Mann mit dem edlen Anzug und der teuren Uhr sich neben ihn gesetzt hatte.
„Und wie komme ich zu der Ehre?", fragte Bernd mürrisch.
„Wir kennen uns", antwortete der Fremde.
„Das wüsste ich aber!" Bernd stand auf, stütze sich am Tresen ab, drehte sich zu dem Mann und musterte ihn von oben bis unten.
„Woher soll ich dich denn kennen? Aus dem Café meines Vaters vielleicht?"
„Auch", entgegnete der dieser. Er nahm sein Bierglas, das Jörg gerade vor ihn gestellt hatte, hob es an und sagte laut: „Prost!"
Bernd ergriff ebenfalls sein Glas. Er stand immer noch vor diesem Mann, den er nicht einordnen konnte.
„Du musst mir schon helfen", er setzte sich wieder, „beim besten Willen, dich kenne ich nicht."

Dann widmete er sich mit einem großen Schluck seinem neuen Bier und überlegte erneut. Aber wie schon den ganzen Abend über beschäftigte ihn, ohne dass er es verhindern konnte, erneut dieser Brief mit der immensen Geldforderung. Dann ergriff erneut sein Gegenüber das Wort.
„Oberst Klappblau."
Bernd blickte wieder nach rechts und versuchte, sich zu konzentrieren.
„Wer soll das sein, dieser Oberst Klappblau?" fragte Bernd, mehr an sich selbst gerichtet, was nun schon eine Folge des Alkoholkonsums war.
„Ich bin das", der andere erhob sein Glas und prostete Bernd erneut zu.
„Für dich Heinz, und bevor du noch weiter grübelst, ich war bei deiner NVA-Musterung dabei."
„Wie, bei meiner Musterung?" Bernd standen die Fragezeichen ins Gesicht geschrieben.
„Ja, du bist ein Mann mit besonderen Fähigkeiten, und auf solche Leute habe ich damals ein besonderes Augenmerk gelegt."
Er schmunzelte Bernd an und wartete auf seine Reaktion. Als diese allerdings ausblieb, begann Heinz nach einer Weile erneut zu reden.
„Also, ich will's mal nicht so spannend machen. Ich war immer auf der Suche nach fähigen Leuten für unsere Eliteeinheit, das Wachregiment in Berlin. Du standest auf meinem Zettel ganz oben. Aber bei der abschließenden Prüfung der Behörde bist du dann leider durch das Netz gefallen."
Bernd schaute immer noch, als würde er gar nichts verstehen, und ließ dabei seinen Mund offenstehen, was diesen Eindruck noch verstärkte.

„Das lag nicht an dir, mehr an deinem Vater, der durch seine Kontakte in einer Zuverlässigkeitsprüfung nur als mäßig eingestuft wurde. Wie gesagt, ich habe das sehr bedauert, das bedeutete damals auch das Aus für deine Sportförderung, so war das halt zu dieser Zeit."
„Da kannst du dich noch dran erinnern?", fragte Bernd erstaunt.
„Na klar", erwiderte Heinz, und nach einer kurzen Pause fügte er noch nachdenklich hinzu: „solche Leute wie dich trifft man nur selten."
Er legte ihm freundschaftlich die Hand auf die Schulter: „Was machst du denn momentan?", dabei sah er ihn aufmerksam an.
„Nichts", antwortete Bernd verlegen, „so kleine Jobs hier und da, aber nichts Festes."
„Du hast doch mal Betriebsmess- und Regeltechniker gelernt."
„Ja, das hab' ich", erwiderte Bernd, den sein Gegenüber immer mehr in Erstaunen versetzte. Es tat ihm ganz einfach gut, beachtet zu werden. Anna betrog ihn, dann die Schereien mit diesem Schnösel, mit dem sie sich eingelassen hatte, seine Geldprobleme, und für Heinz war er etwas Besonderes, das ging runter wie Öl.
„Und, warum hast du keinen Job?", hakte Heinz interessiert nach.
„Ja, du weißt doch, wie's läuft", sagte Bernd.
Er trank einen Schluck Bier, dann fügte er resigniert hinzu: „Entweder, du gehst in den Westen, um zu arbeiten, oder du bist halt arbeitslos. Die haben doch hier alles dichtgemacht, und die scheiß Treuhand verjubelt alles für 'ne Mark."
„Da sagst du was", Heinz nickte zustimmend.

„Ich musste gestern geschäftlich nach Eisleben, da bin ich an dem großen Obstanbaugebiet vorbeigefahren. Das wurde an einen Investor aus dem Westen verkauft. Diese Plantagen haben mal die ganze DDR mit Äpfeln versorgt, und was machen die? Alle Bäume rausgerissen, alles plattgemacht. Die haben ihre eigene Konkurrenz gekauft und ausgeschaltet, so funktioniert Kapitalismus."

„Echt, die Plantagen sind weg?" Bernd sah Heinz verwundert an.

„Da war ich mal im Ferienlager in Aseleben, zum Äpfel pflücken, von der FDJ aus."

„Ja, genau, alles weg, und die Äpfel waren Spitzenklasse!", bekräftigte Heinz seine Geschichte mit einem Nicken.

„Du, pass mal auf. Ich lade dich ein", sagte Heinz spontan, „wir gehen noch woanders hin. Hier lässt es sich nicht so gut reden."

Er holte ein Bündel Banknoten aus der Hosentasche, das mit einer exquisiten Geldspange zusammengehalten wurde, winkte Jörg heran und beglich die Rechnung nebst sattem Trinkgeld.

Jörg schaute Bernd mit großen Augen an, als Heinz noch mal kurz zur Toilette ging, hielt lächelnd den Hunderter in die Höhe.

„Da, schau mal. Es ist für alle genug da, es ist nur ungerecht verteilt. Mach's gut, Alter."

Dann machte er sich wieder an seine Arbeit.

„Deine Unterlagen sind, wie erwartet, vollständig. Willkommen im Team. Und noch was", Heinz stand auf und ging um den Schreibtisch herum. Er stellte sich hinter Bernd und klopfte ihm auf die Schulter.

„Wir verstehen uns nicht nur als Kollegen, sondern wie eine Familie. Das heißt, wenn einer Probleme hat, dann kümmern wir uns darum."
Er ging zurück hinter seinen Schreibtisch und setzte sich. Er griff zum Telefon und wählte die Null.
„Erika, bringst du uns bitte mal zwei Kaffee?"
Kurz darauf öffnete sich die Tür und die Sekretärin brachte ein Tablett mit zwei Kännchen Kaffee, etwas Gebäck, Milch und Zucker herein. Sie stellte es ab und schob Heinz ein Telefax über den Schreibtisch.
„Ach, Erika, ich möchte dir unseren neuen Kollegen vorstellen. Bernd, das ist Erika. Erika, das ist Bernd."
Die Sekretärin gab Bernd freundlich lächelnd die Hand.
„Ach, Erika, wie spät ist es eigentlich?", fragte Heinz und runzelte die Stirn.
„Dreiviertel elf, Heinz."
„Danke, meine Liebe, ich habe heute früh ganz vergessen, die Uhr umzutun."
„Alles klar", sagte Erika, nahm das leere Tablett, lächelte und ging.
„So, mein Guter. Wir beide trinken jetzt mal in Ruhe unseren Kaffee." Heinz überflog das Fax und schmunzelte.
„Ach, übrigens, danke für dein Vertrauen, Bernd, dass du mir von deinen persönlichen Problemen erzählt hast. Nicht jeder wäre so ehrlich, seinem zukünftigen Arbeitgeber zu erzählen, dass ihn seine Freundin betrügt. Ich persönlich finde, dass du völlig richtig reagiert hast. Wie hieß der gleich noch mal, dieser Kunstfutzi?"
Ohne eine Antwort abzuwarten, fuhr Heinz fort.
„Diese Wessis müssen kapieren, dass hier andere Regeln gelten. Aber herkommen, auf die Kacke hauen und unsere

Ostmädels pimpern? Ich habe gerade erfahren, dass dieses arrogante Arschloch Probleme mit seinem Porsche hat. Der muss in irgendetwas reingefahren sein. Alle vier Reifen platt. Das ist ganz schön ärgerlich. Die kosten ja nicht wenig. Und aus lauter Frust ist er dann noch unvorsichtig gewesen und die Treppe runtergefallen. Das kann schon mal passieren, wenn man meint, man ist was Besseres. Ich glaube, der hat kapiert, dass es keinen Sinn macht, einen unserer Kameraden anzuzeigen. Spätestens morgen, könnte ich mir vorstellen, nimmt er seine Anzeige zurück. In Köln kann man, glaube ich, auch ganz gut studieren, oder was meinst du, Bernd?"
Heinz grinste über das ganze Gesicht.
„Was machst du eigentlich heute Abend?"

Bernd lief den Boulevard hinunter und schaute sich um. Er liebte seine Heimatstadt, doch die Tristesse der leeren Schaufenster befremdete ihn. Hier war ja zu DDR-Zeiten mehr los gewesen! Es lag schon einige Zeit zurück, dass er in diesem Teil der Stadt unterwegs war. Zwar lag das Café seines Vaters der Luftlinie nach gar nicht so weit entfernt, aber schon früher waren das zwei Welten. Zumindest die Fassaden der Häuser dieser großen Einkaufsmeile waren schon zu Ostzeiten ganz gut in Schuss gewesen. Auf der Rückseite dieser Vorzeigestraße waren diese in genau solch einem katastrophalen Zustand, wie in dem Viertel hinter dem Interhotel, in dem Bernd großgeworden war.
Viele der Schaufenster des Boulevards, der den Bahnhof, ein Kunstwerk von Gustav Eiffel, das mit sozialistischer Kaschierungswut durch Plaste und Elaste aus Schkopau seine Verfallsspuren verdeckte, und die Innenstadt, die zwar das

Glück hatte, nie im Zweiten Weltkrieg zerbombt worden zu sein, aber trotzdem trostlos wirkte, miteinander verband, waren von innen mit schmucklosem Packpapier verkleidet und mit Zetteln bestückt: „Zu vermieten".

Bernd dachte an sein brandneues Mobiltelefon, das ihm sein neuer Arbeitgeber zusammen mit dem Arbeitsvertrag in die Hand gedrückt hatte. „Damit du immer erreichbar bist", hatte Heinz noch als Kommentar dazu losgelassen. Aber das war nicht das Einzige, was Bernd stutzig machte.

Das für Nach-Wende-Verhältnisse üppige Anfangsgehalt war schlichtweg der Hammer. Nun gut, er musste dafür auf Montage gehen, von Montag bis Freitag weg von Anna, dafür aber keine finanziellen Probleme mehr.

Das wirklich ungute Gefühl hatte er allerdings wegen diesem Kunststudenten. Eigentlich war es nicht seine Art, so zu reagieren, doch die Summe der „Ereignisse", die ihm Anna zugemutet hatte, waren auf Dauer schlichtweg nicht mehr zu verkraften. Bernd wusste genau, es war nicht nur die finanzielle Geschichte, die ihm das Genick brechen konnte, sondern auch seine sportliche Vergangenheit. Bei einem möglichen Prozess könnte der Richter seine Attacke auf Grund Bernds spezieller Fähigkeiten als schwere Körperverletzung werten, was durchaus auch Freiheitsentzug bedeuten konnte. Nun hatte das Heinz für ihn „geregelt". Bernd bekam ein flaues Gefühl. Was bedeutete das, dass Heinz angeblich seine Uhr vergessen hatte, obwohl diese deutlich aus seinem Jackenärmel hervorblitzte? Bernd war absolut ungeübt in solchen Angelegenheiten. Früher hatte er sich nur um seinen Sport gekümmert. Viel mehr musste er auch nicht tun. Den Rest hatte sein Vater organisiert.

Geld war nie ein Thema gewesen, das war ganz einfach vorhanden. Sein Vater hatte für alles gesorgt, und das in einem Maße, welches Bernd manchmal ein ähnliches Gefühl beschert hatte, wie er es jetzt bei Heinz bekam, der ihn in weiten Teilen an seinen Vater erinnerte. Doch Heinz schien die Welle der neuen Zeit zu reiten, und sein Vater lief Gefahr, darunter zu ertrinken.

„Wir müssen reden!" Bernd versuchte, diesen Satz besonders vorsichtig zu formulieren, als er mit seinem Hund Schröder seine Nachmittagsrunde drehte. Jedes Mal, wenn er diesen Satz aussprach und überlegte, wie es weitergehen könnte, blieb er stehen. Schröder fand es äußerst merkwürdig, wie sich sein Herrchen benahm, und quittierte dessen Verhalten, indem er sich ganz einfach vor ihn stellte, den Kopf schief hielt und ihn anbellte.
Bernd erschrak, schaute Schröder an und musste lächeln, das erste Mal an diesem Tag. Anna war mit einer Freundin unterwegs und wollte gegen Abend wieder zurück sein. Gegen Abend, wenn er das schon immer hörte, wusste er genau, eigentlich machte es keinen Sinn zu warten. An manchen Tagen kam sie dann um Mitternacht, manchmal auch später. Ihn machte das wahnsinnig, nicht zu wissen, wo sie sich herumtrieb.
Er wollte Klarheit in seine Beziehung bringen. Klarheit, wie sollte das gehen?
Wenn sie nicht da war, dann war alles klar. Auch jetzt, in diesem Moment, wenn er mit seinem Hund unterwegs war, konnte er glasklar seine Beziehung reflektieren. Doch wenn sie dann vor ihm stand und ihm in die Augen schaute, war er ihr hoffnungslos verfallen.

Bernd wusste, er musste den Mut aufbringen, mit ihr zu klären, von wem das Kind war. Und wenn es von ihm war, musste er, wie Heinz sagte, das Zepter wieder in die Hand nehmen.
Heinz, sein väterlicher Kamerad, der Bernds Probleme ganz einfach in die Hand genommen hatte, ohne dass er dies gewollt hätte. Aber Heinz war in seinen Methoden wohl sehr effektiv. Zwar hatte sich die Polizei nochmal bei ihm gemeldet und hatte Bernds Alibi für den fraglichen Zeitraum abgefragt. Dreiviertel elf, ausgerechnet an dem Tag, als er zum Vorstellungsgespräch war und Heinz seine Uhr vergessen hatte, was dessen Sekretärin Helga natürlich bestätigen konnte. Doch genau wie Heinz es prophezeit hatte, zog dieser Sven seine Anzeige zurück.
Jetzt würde sich alles zum Guten wenden, da war Bernd sicher. Er ließ Schröder von der Leine, der sofort damit beschäftigt war, die Schwäne auf der Wiese vor dem Teich mit der Fontäne ins Wasser zu schicken, wo sie seiner Meinung nach hingehörten, und bellte zufrieden.
Bernd setzte sich auf eine Bank, schaute Schröder zu und schloss gedanklich das ab, was er Anna heute Abend sagen würde. In diesem Augenblick schien alles so einfach.

„Das ist doch ganz einfach", sagte Anna lächelnd. „Ich lasse auf der Geburtsurkunde ‚Vater unbekannt' eintragen. Dann muss das Sozialamt die Alimente übernehmen."
Bernd fühlte sich wie immer hilflos, wenn Anna diesen Gesichtsausdruck aufsetzte. Diese weit geöffneten Augen, dieses entzückende Lächeln und der gekonnte Augenaufschlag, den sie mehrmals in einem Satz zelebrierte, waren einfach entwaffnend.

„Da ist aber noch etwas."
„Ach ja, was denn?" Anna schaute interessiert, wenn auch etwas angespannt. Sie dachte eigentlich, dass sich das Thema mit Sven und der ungewissen Vaterschaft erledigt hatte, doch als sie bemerkte, dass Gerd sich am Kopf kratze, wusste sie, es musste etwas Ernstes sein.
„Ich habe Arbeit", erklärte Bernd in einem betrübten Ton.
„Ja, das ist doch super!", entgegnete Anna erleichtert, „und, was machst du genau?"
Gerd überlegte kurz, bevor er antwortete: „Ich arbeite für ein Subunternehmen der großen Telefongesellschaft. Wir verlegen für die das neue Telefonkabelnetz."
Er erwartete eine Reaktion von Anna, die ihrerseits darauf wartete, dass Bernd noch etwas mehr über seine Arbeit erzählen würde.
„Ja, und?", beendete sie die eingetretene Pause, „das ist doch klasse, Bernd."
Dann blickte sie ihn wieder mit ihrem perfekten Augenaufschlag an, darauf lauernd, dass sich seine Miene aufhellen würde.
„Aber, also", druckste er herum und räusperte sich.
„Aber was?", hakte sie nach.
„Aber ich muss auf Montage", begann Bernd erneut, senkte dabei den Kopf, als hätte er etwas Unrechtes getan, „das heißt, von Montag bis Donnerstagabend, spätestens Freitag, bin ich unterwegs."
So, nun war es heraus.
„Das ist doch kein Problem, ich habe doch Schröder, der auf mich aufpasst, wenn du nicht da bist."

Bernd war unheimlich erleichtert über ihre Reaktion, gleichwohl spürte er eine wachsende Anspannung in sich aufsteigen bei dem Gedanken daran, Anna die ganze Woche über allein lassen zu müssen.

Bernd war überpünktlich zu seinem ersten Arbeitstag erschienen. Er hatte noch am Vortag seine neuen Arbeitsklamotten abgeholt. „Elektron" stand in großer Schrift auf dem Rücken, genau wie auf dem nagelneuen Transporter, der in den Firmenfarben grau-rot lackiert war. Zusammen mit dem Arbeitsanzug in exakt den gleichen Farbtönen machte das schon einen sehr seriösen und eloquenten Eindruck, den Bernd und seine Kollegen dem Betrachter vermittelten.
Er war Thorsten zugeteilt, einem fast Zweimetermann, mit kahlgeschorenem Kopf und athletischer Figur. Heinz hatte die beiden noch kurz miteinander bekannt gemacht und war schon wieder auf dem Sprung. Er stieg in seine neue Oberklassenlimousine und war verschwunden.
„Wie bist du denn zu uns gestoßen?", fragte Thorsten, indem er Bernd, zwar mit freundlichem Gesichtsausdruck, aber auch etwas scannend musterte.
„Ach, wir haben uns durch Zufall kennengelernt."
„So, so, durch Zufall", antwortete Thorsten lächelnd, „so etwas gibt es bei Heinz nicht. Was machst du denn sportmäßig, gehst'e pumpen? Siehst ja nicht schlecht aus."
„Ach, das war einmal. Ich war früher Ringer, ist schon ein paar Jahre her."
„Aha, und jetzt?"
„Na ja, eigentlich nichts mehr", gab Bernd kleinlaut zu.
„Aber du bist ja auch nicht von schlechten Eltern", versuchte er von sich abzulenken.

„Ich war früher mal Schwimmer, Olympiakader, und bin dann durchs Raster gefallen. Das war halt so in der DDR, ein falsches Wort oder ein Verwandter, der nicht passte, und weg war man. Ich hatte lange dran zu knabbern, an dieser Situation. Doch jetzt ist es gut so, wie's ist. Der Job hier macht Spaß. Wir sind eine super Truppe, das wirst du schon noch mitkriegen", sagte Thorsten grinsend.

„Nun lass uns mal anfangen. Wir sind heute hier in Halle unterwegs, am Töpferplan."

„Ach, da oben beim Stadtgottesacker", entgegnete Bernd interessiert. „Und, was machen wir da?"

„Da steht ein altes Fabrikgebäude, eine ehemalige Druckerei. Da laufen einige alte Fernleitungen des DDR-Telefonnetzes zusammen. War wohl so was wie ein Knotenpunkt. Druckereien hatten die ja auf dem Schirm, dass da ja nichts Verkehrtes gedruckt wurde. Die am Töpferplan war direkt mit dem Rechenzentrum der Abteilung Inneres verbunden. Du verstehst, Stasi und so?"

Bernd schaute Thorsten kurz an: „Klar, verstehe schon. Und was machen wir da?"

„Den Bestand kontrollieren und vorerst sichern. Du weißt ja, nach Treuhand und so weiter wird doch aus den alten Fabriken alles rausgeschleppt und geklaut, was nicht niet- und nagelfest ist. Wir müssen im zweiten Schritt sämtliche Leitungen entfernen und neue verlegen. Aber vorerst müssen wir erst mal nach dem rechten schauen. Soweit ich weiß, sind da schon irgendwelche Hausbesetzer eingezogen. Aber das sehen wir, wenn wir vor Ort sind. Wir sollen da erst mal an den Schaltschränken zusätzliche Riegel und Schlösser anbringen und wenn möglich die Räumlichkeiten sichern, gegen Vandalismus und so. Alles klar?"

Bernd nickte zustimmend.

„Dann hol doch noch die neue Werkzeugkiste aus der Werkstatt und los geht's."

Kommissar Moulin saß in seinem Büro in Marseille und starrte an die Wand. Er war in Gedanken, wie so oft in den letzten Tagen, es fiel ihm schwer, sich auf sein Alltagsgeschäft zu konzentrieren. Zu sehr ging ihm sein letzter Fall noch nach.

Hallstatt, dieser wunderschöne Ort, und gleichzeitig all das Mysteriöse und Böse, was sich seit dem Ende des Zweiten Weltkrieges dort abgespielt hatte. Unglaublich, was sie da herausgefunden hatten. Aber was ihn besonders beschäftigte war der Umstand, dass diese Menschen, diese ganzen Ex-Geheimdienstler, so gar keinen Respekt vor der Demokratie und dem Rechtsstaat hatten. Diese ganze Racaille funktionierte einfach so weiter, als würde es den Ostblock noch geben.

Sein Gespräch mit Simond ging ihm nicht aus dem Kopf. Der hatte den Brand seines alten Citroënbusses nur mit Glück überlebt. Die KTU hatte einen Defekt an der Ölheizung diagnostiziert. Simond war nie ein Typ gewesen, den Äußerlichkeiten interessierten, aber technisch war bei ihm immer alles in Ordnung. Eine lose Leitung, Moulin konnte sich nicht vorstellen, wie das passiert sein sollte. Einfach so, nach so vielen Jahren und regelmäßigen technischen Untersuchungen, und zufällig dann, als Simond aus Sankt Petersburg zurückkam.

Er hatte sein altes Wohnmobil bei Renard in Colmar geparkt, bevor er zu dem Gespräch mit dem alten Mann gefahren war, dem Großvater seiner Schwiegertochter, der kurz nachdem er Simond auf seinen Wunsch hin kennengelernt hatte, verstorben war.

„Ich brauche eine Pause, ich muss überlegen, wie es weitergeht", hatte Simond Moulin telefonisch mitgeteilt. Der Schock über das Erlebte war ihm dabei noch überdeutlich anzumerken. „Ich glaube, ich habe mich verrannt mit dem Bernsteinzimmer."

Moulin hatte das akzeptiert. Er musste, die Freundschaft zu Simond war ihm wichtiger geworden, als der Verbleib irgendwelcher Kunstwerke. Moulin war sich mittlerweile ganz sicher, der Anschlag auf sie in Hallstatt war kein Zufall. Ebenso wie der Brand von Simonds Wohnmobil.

Renard war ebenso geschockt wie Moulin. Seinen Entschluss, sich ein Jahr beurlauben zu lassen und nach Colmar zu gehen, um seiner Beziehung eine Chance zu geben, stellte er nicht in Frage. Aber er war äußerst beunruhigt, dass die Sache mit dem Anschlag auf Simond praktisch vor seiner Haustüre passiert war.

Renard befand sich im Urlaub, doch er hatte es sich nicht nehmen lassen, seinen Kollegen von der Spurensicherung vor Ort über die Schulter zu schauen. Er war in der komfortablen Situation, auch unangenehme Dinge beim Namen nennen zu können. Für ihn war das ein Anschlag! Warum auch immer. Auch er akzeptierte natürlich, dass Simond nicht darüber reden wollte. Doch eins und eins ergab noch immer zwei, ihm war das klar, auch wenn die Kollegen vor Ort ihm erzählten, dass das auch eine Drei sein könnte.

Nicole hatte die Einladung auf ein Praktikum in Marseille angenommen, die sie auf Empfehlung von Renard von dessen Chef erhalten hatte. Sie entschloss sich dann aber gegen einen Vertrag als Vertretung von Renard.

Moulin hatte vollstes Verständnis dafür. Wenn er sich den Stapel an Eigentumsdelikten anschaue, der sich vor ihm auf dem Tisch türmte, hatte auch er Lust, alles hinzuschmeißen. Zu spannend waren die letzten Monate in seinem Leben gewesen.

Der Aufenthalt in Schraplau und Hallstatt hatte ihn nachhaltig verändert. Sein Blick auf die Menschen war ein anderer geworden. Seine Ressentiments gegen Migranten, die ihn aus einer Art Gruppenzwang mit seinen Kollegen den Front National hatte wählen lassen, hatten sich relativiert. Die Flüchtlinge versuchten ja auch nur, ein Stück vom Kuchen, vom unermesslichen Reichtum Europas, abzubekommen. Dem Kontinent, der es sich leisten konnte, Lebensmittel zur Herstellung von Treibstoff zu verwenden, obgleich in direkter Nachbarschaft, in Afrika, Menschen verhungerten und Kriege um die Ressourcen geführt wurden.

Moulin schämte sich seiner Gedanken von früher. Er wollte da nicht mehr dazugehören. Sein letzter Fall, den er zusammen mit Renard und Simond bearbeitet hatte, das war es, was er schon immer hatte machen wollen.

Missmutig schnappte er sich die oberste Akte des Stapels auf seinem Schreibtisch und fing an, sich einzulesen. Als er die erste Seite gelesen hatte, fiel ihm auf, dass er gar nicht bei

der Sache war. Er überlegte kurz, die Seite nochmals zu lesen, griff dann aber zum Telefon, um Renards Nummer zu wählen, um sich mit ihm zum Mittagessen zu verabreden.
Als er merkte, was er da gerade tat, fasste er sich an den Kopf. Sein Unterbewusstsein schien sich gegen die erneut eingetretene Routine in seiner Polizeiarbeit zu wehren. Er kam sich vor wie der letzte Mohikaner, der wusste, dass die Zeit gekommen war, etwas in seinem Leben zu ändern. Er hatte das Gefühl, er müsse auf einen Berg steigen, um zu meditieren, um Klarheit zu bekommen. Eins wusste er aber jetzt schon. Die Arbeit, die sich vor ihm auftürmte, war es mit Sicherheit nicht, was er wollte. Er fühlte sich furchtbar allein.

Bernd und Thorsten waren auf dem Weg zum Töpferplan, als sie an dem alten, mystisch wirkenden Stadtgottesacker vorbeifuhren. Ein Großteil der Mauern, die diesen Platz der Stille einfriedeten, hatten nach Jahrzehnten der kommunistischen Ignoranz beschlossen, der Schwerkraft nachzugeben. Sie konnten nur noch mit Stützbalken daran gehindert werden, vollständig einzustürzen. Einige Bäume, die mit ihren Wurzeln eine Art Stützkorsett gebildet hatten, versuchten ebenfalls, den Verfall zu verhindern, in der stillen Hoffnung, dass nach Ende jener dunklen Zeit dieser Platz zu der Schönheit zurückfinden würde, die er einst zweifelsfrei gehabt haben musste.

Thorsten fuhr in Schrittgeschwindigkeit durch diese enge Gasse, was allerdings nicht verhindern konnte, dass sein Firmenwagen durch die zahlreichen Schlaglöcher mehrfach aufsetzte.

„Scheiße!" fluchte er lautstark, „das kann ja heiter werden! Siehst du irgendwo eine Möglichkeit, wie wir da rüberkommen?"

Er zeigte auf ein großes altes Haus, welches inmitten einer brachliegenden Fläche, die schon üppig mit Unterholz und Unkraut zugewachsen war, aufragte.

„Klar", antwortete Bernd, „das kann ich dir sagen. Du fährst ganz einfach hier rechts, da können wir direkt auf dem Hof parken. Da ist doch so ein neues Szenekino, ‚LaBum' oder so ähnlich. Meine Freundin kennt da ein paar Leute, die das machen."

„Was?", fragte Thorsten erstaunt, „deine Freundin kennt Zecken?"

„Ja, klar", antwortete Bernd verdutzt.

„Ach, Heinz hatte bloß angedeutet, dass es da Probleme geben könnte. Die haben das Haus dort besetzt, und was vor allem schwierig ist, in dem Keller, wo unser Schaltkasten sitzt, sind ebenfalls gerade Leute dabei, irgendetwas zu bauen. Da müssen wir aber rein. Na, schauen wir mal, wird schon klappen."

Nachdem der Weg, den Bernd vorgeschlagen hatte, sich als richtig erwies, stellte Thorsten den Firmenbus auf dem Platz vor dem Gebäude ab. Er stieg fluchend aus und begutachtete den Wagen, um ihn auf Schäden zu untersuchen, die durch die Aufsetzer entstanden sein könnten, stellte aber erleichtert fest, dass nichts zu entdecken war. Neben ihrem Auto parkte noch ein alter Kleinwagen, aber ansonsten schien noch niemand hier zu sein.

Bernd kannte das Haus eigentlich auch nur von früher, als die Druckerei noch in Betrieb war. War das Gebäude früher in dem allgegenwärtigen Einheitsgrau getüncht, so hatten jetzt Graffitisprayer versucht, den erbarmungswürdigen Zustand des Bauwerkes mit mehr oder weniger kreativen Sprüchen zu verschönern. Das fragwürdige Ergebnis brachte zumindest etwas Farbe in die Tristesse.

Bernd zeigte auf den großen Eingang, der sich am hinteren Ende des Gebäudes befand. Thorsten nickte zustimmend, ging aber zuerst zu dem Eingang, der zu den Kellerräumen führte, und klinkte an der alten Holztür, die verschlossen war.

„Komm, lass uns mal schauen, ob dort hinten offen ist, vielleicht ist ja jemand da, der 'nen Schlüssel hat", schlug Bernd vor.

„Klar, machen wir", stimmte Thorsten zu, prüfte aber noch eines der Fenster neben dem Eingang, welches offenstand, aber wie die anderen im Kellergeschoss auch mit stabilen Gittern gesichert war. Dann lief er, wie Bernd auch, in Richtung des großen hölzernen Eingangstores, das mit seinen Verzierungen und den schmuckvollen Ausführungen so gar nicht zu dem Rest des Hauses passen wollte, bestenfalls noch zu den großen, gebogenen Fenstern, die in großer Anzahl die oberen Stockwerke früher mit Licht geflutet haben mussten. Derzeit waren die vielen zerbrochenen Scheiben und Stege notdürftig mit Pappe gesichert.

Die beiden stellten erleichtert fest, dass die Tür geöffnet war, und vernahmen, als sie eintraten, Musik aus dem Erdgeschoss, über dessen ebenfalls offenstehender Eingangstür der Name „LaBum" stand. Der gesamte Raum, den sie gerade betraten, war mit grauem Kies aufgefüllt und mit alten Friseurstühlen nebst Trockenhauben aus den fünfziger Jahren und alten Kinobänken, die alle farbenfroh gestaltet waren, sowie einem alten Tresen aus dem gleichen Jahrzehnt, eingerichtet. Das Geräusch, welches der Kies beim Eintreten verursachte, verstärkte die außergewöhnliche Stimmung, die dieses Bauwerk schon von außen ausstrahlte. Leise Filmmusik war aus dem Nachbarraum zu vernehmen, welche mit den mechanischen Geräuschen eines Filmprojektors untermalt wurde. Selbst Thorstens anfängliche Skepsis wich einem Erstaunen, was durch seinen wachen Blick, der interessiert die Umgebung scannte, deutlich wurde.
Hier also verbringt Anna einen großen Teil ihrer Freizeit, wenn sie ohne mich unterwegs ist, ging es Bernd durch den Kopf. Er selbst war wegen seiner Vorbehalte gegenüber Hausbesetzern nie mitgekommen.
Nachdem sie noch eine Weile die Vielzahl der Filmplakate betrachtet hatten, die, im Kontrast zu dem äußeren Anschein des Hauses, an frisch geweißten, intakten Wänden hingen, betrat ein schwarzgekleideter Mann mit langen Haaren, circa Mitte zwanzig, den Raum und erschrak sichtlich, als er die athletischen Männer in ihrer uniformen Arbeitskleidung erblickte.
„Was kann ich für euch tun?", fragte er schüchtern.
„Firma Elektron", Thorsten zückte seinen Dienstausweis und hielt ihn seinem Gegenüber unter die Nase. „Sie sind der Chef dieser Einrichtung?"

Der junge Mann lächelte: „Ich bin der Vorsitzende des Kulturvereins, Chefs gibt es bei uns nicht. Worum geht es denn?"
„Wir müssen an den Strom- und Telefonverteiler, können sie uns sagen, wo wir den finden?"
„Soweit ich weiß, im Keller. Ich hole mal den Schlüssel."
Der Schwarzgekleidete drehte sich um und verschwand in der Tür, aus der er kurz zuvor gekommen war.

„Du bist ja doch jeden Abend zu Haus", sagte Anna.
Bernd entdeckte etwas in ihrem Gesichtsausdruck, was ihn glauben ließ, dass dies ein Vorwurf sein könnte.
„Komm, lass uns um die Häuser ziehen", legte Anna nochmal nach, als sie Bernds prüfenden Blick bemerkte.
„Nee, heute nicht. Was hältst du denn davon, wir bestellen uns 'ne Pizza und machen eine Flasche Wein auf."
„Okay, wenn's sein muss, alter Mann."
Immer, wenn sie ihn provozieren wollte, nannte sie ihn so. Der schon recht große Altersunterschied machte ihm ansonsten nichts aus, ganz im Gegenteil. Doch was das Ausgehen betraf, hatte Bernd schon recht nachgelassen.
„Mensch, Anna, du weißt doch, wann ich heute früh aufgestanden bin. Die Arbeit, da muss ich mich erst dran gewöhnen. Wir können uns ja auch mal einen Film aus der Videothek holen, das machen andere Leute doch auch. Außerdem, du bist schwanger. Die ganzen verqualmten Kneipen, das ist nicht gerade gut für das Kind."
Bernd war genervt.
„Ich weiß, mein Schatz, war auch nicht ernst gemeint. Wie war denn dein Tag?"

„Interessant", Bernd war erstaunt, so etwas hatte Anna ihn noch nie gefragt, „wir waren am Töpferplan, dort, wo das LaBum ist."
„Echt?", Annas Augen weiteten sich, „ist geil da, oder?"
„Wir mussten da in den Keller, so einen Schaltkasten sichern."
„Da, wo demnächst die Kneipe aufmacht?"
„Naja, da wurde auch was gebaut", bestätigte Bernd.
„Das sind zwei verrückte Typen, die schweißen da seit Wochen aus Schrott Möbel zusammen", sagte Anna begeistert. „Das wird bestimmt mal richtig geil."
„Nächste Woche bin ich dann aber wirklich weg", versuchte Bernd, das Thema zu wechseln. „Wir fahren ins Eichsfeld, nach Bornhagen, das ist zu weit, um jeden Abend nach Hause zu kommen."
„Okay", sagte Anna, „lass uns Pizza bestellen."

Simond saß in dem Café inmitten von Colmar, an dem er schon einige Male vorher vorbeigelaufen war. Dieses wunderschöne Fachwerkhaus direkt im Herzen der historischen Altstadt, das ihm zwar gefiel, aber so gar nicht zu den Orten gehörte, die er früher aufgesucht hätte. Die Menschen, die dieses Café frequentierten, hatten ihn sonst immer skeptisch angesehen. Früher, als er noch in seinem Citroënbus hauste und lange, verfilzte Rastalocken trug. Früher, als er noch einen langen, geflochtenen Spitzbart hatte. Ja, früher halt, eine Zeit, die so nah und gleichzeitig doch so fern war.

Letzte Woche noch hätte er selbst die Veränderungen in seinem Leben nicht für möglich gehalten. Äußerlichkeiten waren ihm immer vollkommen egal gewesen. Doch dann dieser feige Anschlag auf ihn. Sein ausgebrannter Bus und seine Haare, die ihm das Leben gerettet hatten. Als sie schon angesengt waren und bestialisch stanken, war er endlich wach geworden und hatte sich in letzter Minute retten können.

Den skeptischen Blick des Friseurs, der ihn wahrscheinlich für einen Clochard hielt, der nicht zahlen könnte, hatte er noch in guter Erinnerung, und wie dessen Blick sich während Simonds Verwandlung unter seiner Schere immer mehr aufhellte.

Simond fühlte sich mit seinen kurzen Haaren, die er gleich beim Verlassen des Friseurladens instinktiv durchwuschelte, und ohne Bart irgendwie nackt. Doch der Blick, den ihm die Bedienung im Café zuwarf, den kannte er gar nicht mehr, seit er beschlossen hatte, nur noch „seins" zu machen, nachdem er sich von seiner Frau getrennt hatte. Zu leben wie Bob Marley, das Idol seiner Jugend, und auch noch so auszusehen. Das Leben in seinem alten Wellblechcitroën gehörte selbstverständlich dazu.

„Einmal Runderneuern", hatte er in der Boutique gesagt.

„Was, meinen sie, könnte mir stehen?", hatte Simond die erstaunte Verkäuferin gefragt.

Nun saß er da in seinem neuen Outfit und war sich sicher, dass die junge Frau in der Boutique ganze Arbeit geleistet hatte. Er war untergetaucht in der Masse, aber Simond fühlte sich wohl damit, vielleicht brauchte es ja diesen Impuls, um grundlegend etwas zu ändern. Und, wenn schon ändern, dann richtig.

Vorerst war er in der Pension der Lebensgefährtin von Renard untergekommen, dieses Problem war somit erst einmal gelöst, aber er brauchte dringend ein Auto. Dieser alte Porsche hatte es ihm angetan, der letzte luftgekühlte 911er, sein Traum aus der Zeit, als er noch ein ganz normales Familienleben führte. Simond war entschlossen, diesen Traum jetzt wahr werden zu lassen.

Aber, was das Wichtigste war, Simond hatte beschlossen, sich zu wehren. Wenn er eines hasste, dann waren dies Leute, die alles mit sich machen ließen. Das, was mit ihm passiert war, konnte er nicht auf sich beruhen lassen. Er hatte sich entschieden, nicht mehr der zottelige alte Trottel zu sein, den man ganz einfach ausschaltet, den man belächelt. Der Simond, mit dem die es jetzt zu tun bekommen würden, war definitiv ein anderer.

Für heute Abend hatte er sich vorgenommen, mit Moulin zu telefonieren. Er hatte sich ein Prepaidhandy zugelegt. Sein altes Smartphone und sein Laptop waren verbrannt. Wer weiß, wozu es gut war. Renard hatte mit den Kollegen vor Ort recherchiert. Sie hatten den Server gefunden, von wo aus kurz vor dem Anschlag der Aufenthaltsort des Laptops und damit der Standort seines alten Busses lokalisiert worden war. Er befand sich nicht weit entfernt von hier. Aber alles nacheinander.

Simond wusste, allein war er der Aufgabe nicht gewachsen. Sein Verdacht war so gewaltig und so wenig greifbar. Er war denen ins Netz gegangen, welches sie fein säuberlich über ganz Deutschland und Europa gewebt hatten.

„Scheiße, was ist denn das für 'ne Gurkerei!" Thorsten war genervt. Schon wieder Stau. Gefühlt war dies das zehnte Mal, dass es nicht weiterging auf dieser engen Straße im Harz, die ihm Heinz vorgeschlagen hatte, weil man hier angeblich besser durchkommen würde als über die alte F80, jetzt B80, wo nur noch gebaut wurde.
„Chaos", gab Bernd ihm recht, „gut, dass wir das nicht jeden Tag fahren müssen. Kennst du das eigentlich, dieses Bornhagen?"
„Nö, nicht wirklich. Da soll es so 'ne alte Burg geben, und in den Nachbarort müssen wir auch, zu so 'nem Aussichtspunkt, Teufelskanzel oder so. Dort und auf der Burg soll es auch Verteilerkästen geben. Das lag früher alles im Sperrgebiet. Bin mal gespannt, wie wir da überhaupt hinkommen. Wir werden ja sehen. Momentan bin ich froh, wenn wir da heute noch ankommen. Guck doch mal auf die Karte, Bernd, sind wir auch richtig?"
„Ja, sind wir, Thorsten. Richtung Braunlage und danach Richtung Göttingen."
„Alles klar, ich glaube, es geht endlich weiter."

Völlig geschafft erreichten Thorsten und Bernd am Abend Bornhagen.
„Flusenhof, da hat uns Heinz ein Zimmer reserviert", brummelte Thorsten vor sich hin.

Aber zuerst einmal empfing sie die Tristesse eines sozialistischen LPG-Betriebes, der sich als eine Art Sichtschutz vor dem Dorf breitgemacht hatte. Gleich daneben befanden sich monotone, im Dominoprinzip aufgereihte Arbeiterhäuser, die sich alle Mühe gaben, mit ihrer sozialistischen Architektur die liebliche Hügellandschaft des Eichsfeldes nachhaltig zu verschandeln. Am Ende der Straße war noch der Ständer des Schlagbaumes zu erkennen sowie die Betonplatte, auf der einmal das Postenhäuschen der Grenzer gestanden haben musste. Bernd erblickte eine Schneise, die sich auf unnatürliche Art und Weise völlig lebensfeindlich den Weg durch den Bergwald bahnte. Wie von dieser Entfernung erkennbar war, hatte kein Baum oder Strauch den Mut gefunden, sich auf diesem Stück Erde anzusiedeln.
„Schau mal, da drüben, der ehemalige Todesstreifen", sagte Bernd beeindruckt.
„Ja, die blanke Gänsehaut, wenn man das heute sieht", entgegnete Thorsten. „Hier war damals Schluss, Sperrgebiet. Damals, als ich an der Grenze gedient habe, war das völlig normal für mich."
Thorsten wurde nachdenklich, dann fing er plötzlich unvermittelt wieder an zu fluchen.
„Scheiße, schon wieder so 'n Schlagloch! Dieses elende Kopfsteinpflaster!"
Das Krachen, welches den neuen Transporter durchschüttelte, versetzte auch Bernd einen ordentlichen Schrecken.
„Hoffentlich haben wir uns nichts aufgerissen!" Thorsten hatte den Wagen abgebremst und blieb noch einen Moment lang stehen, als müsse er sich von dem Schock erholen.

„Früher beim Baras sind wir solche Strecken mit dem Kübeltrabi langgebrettert, ohne auch nur mit der Wimper zu zucken. Die waren für solche Straßen ausgelegt. Aber das hier funktioniert nur auf Asphalt." Er überlegte kurz, auszusteigen und nachzusehen, ließ es aber doch bleiben, es war eh' schon zu dunkel, um etwas zu erkennen.
„Ich glaube, wir müssen da vorn hochfahren", meinte Bernd. In der Dämmerung waren der Turm einer Kirche und die Silhouette der Burg Hanstein zu erkennen. Deren zwei Türme schienen noch relativ intakt zu sein, der Rest der Burg war in einem recht verfallenen Zustand.
„Gehörte die auch zum Sperrgebiet?", wollte Bernd wissen.
„Ich glaube schon."
Nachdem sie an einigen tristen, in Einheitsgrau getünchten kleinen Häusern vorbeigefahren waren, kamen sie an einen Platz, an dem ein imposantes altes Fachwerkhaus sich gekonnt in ein Ensemble anderer historischer Gebäude einbettete. „Flusenhof" stand über dem Eingang.
„Wir sind da", sagte Thorsten erleichtert. Er parkte den Bus auf einem großen Schotterplatz direkt neben dem Gasthof und stieg aus. Das alte Fachwerkhaus befand sich in einem recht guten Zustand, allenfalls die betagten Fenster hatten ihr beste Zeit anscheinend hinter sich. In einigen Kassetten waren noch die handgefertigten Glasscheiben und Reste der Bleiverglasung zu erkennen. Der Rest war mit Industrieglas ausgebessert, aber zumindest vollständig. Da hatte sich in all den Jahren der Abgeschiedenheit jemand vorgenommen, diesen alten, historischen Ort nicht aufzugeben. Auf der linken Seite war über einem Nebeneingang ein etwas verwittertes Schild mit der Aufschrift „Konsum" angebracht. Über dem Haupteingang pries ein neues, aus Holz angefertigtes

Schild den neuen Verwendungszweck des Gebäudes am Flusenhof: „Landgasthaus und Pension".

Thorsten suchte noch nach einer Möglichkeit, den Bus direkt am Haus abzustellen und schaute auf den Hof, dessen Tor weit offenstand, während Bernd schon das Gasthaus betrat.

„Hallo, ist da jemand?"

Als niemand antwortete, öffnete er die alte Kassettentür, an der jemand damit begonnen hatte, die alte, schon reichlich vergilbte Farbe zu entfernen. Er trat in die kleine Gaststube, die einen äußerst gemütlichen Eindruck machte. Linker Hand stand ein uraltes Sofa. An den Wänden, die mit altem Holz getäfelt waren, lud eine gemütliche Eckbank zum Verweilen ein. Einige Tische unterschiedlicher Größe und Form sowie ebenso alte Stühle rundeten das einladende Gesamtbild ab, welches die Dekoration des Raumes ausstrahlte. Ein Tresen und eine Zapfanlage waren auch schon installiert.

All das war so gekonnt inszeniert, dass man glauben konnte, es wäre schon seit Jahrhunderten so eingerichtet, wären da nicht die noch abzuschließenden Arbeiten, die ins Auge fielen. Bernd rief nochmals: „Hallo!", erhielt aber immer noch keine Antwort, als die Tür sich öffnete und Thorsten eintrat.

„Das ist ja alles eine einzige Baustelle hier", so sein knapper Kommentar, „wo sollen wir denn hier wohnen? Das kann ja heiter werden."

Simond lief schon einige Zeit durch Colmar und konnte sich ganz einfach nicht sattsehen an dieser wunderschönen alten Stadt mit ihren Kanälen und Wasseradern. Die zahlreichen kleinen Brücken und Geländer, die über und über mit Blumen geschmückt waren, die kleinen Boutiquen und Cafés, Museen, die alte Markthalle, historische Gaststätten, die mit hiesigen Spezialitäten warben, und immer wieder diese beeindruckenden alten Dächer mit ihren bunten, handgestrichenen Ziegeln und vor allem die vielen alten Wagenräder oder ähnliche Konstruktionen, die Storchennester beherbergten, die jetzt im Frühjahr von den ersten Rückkehrern aus Afrika umkämpft wurden. Auch wenn mehrere Nester sich auf dem gleichen Gebäude befanden, schienen die einen weniger beliebt zu sein als die anderen.

Simond war fasziniert von dem Schauspiel, welches sich darbot, und setzte sich auf eine Bank in der Nähe, um dem Treiben der großen Vögel noch etwas zuzusehen. Er griff in die Innentasche seiner Jacke und holte ein Päckchen Tabak heraus, um sich eine Zigarette zu drehen. Als er diese angezündet hatte und den ersten Zug inhalierte, bekam er einen Hustenanfall. Der Arzt der Klinik, in der er nach dem Brandanschlag gegen ihn gelegen hatte, hatte ihm dringend vom Rauchen abgeraten. In diesem Moment spürte er auch, warum. Er hatte fürchterliche Schmerzen in der Lunge, die durch die erste Zigarette seit über einer Woche und den dadurch ausgelösten Husten entstanden.

Er wusste gar nicht so recht, warum er sich diese Zigarette angezündet hatte. Wohl aus Gewohnheit, versuchte er sein Handeln vor sich selbst zu rechtfertigen. Ihm wurde schmerzlich wieder klar, was passiert war. Schluss damit! Er drückte den Glimmstängel aus und entsorgte ihn, zusammen mit dem Tabak und dem Feuerzeug, in einem Mülleimer neben seiner Bank.

Moulin hatte sich für morgen angekündigt. Der hatte gleich nach seinem Anruf gestern Urlaub genommen und ein Zimmer bei Brigitte reserviert. Simond war etwas neidisch auf die Beziehung, die Renard mit dieser wundervollen Frau hatte. Er gönnte es ja Renard von ganzem Herzen, aber gleichzeitig hätte er ihn gern dabeigehabt, bei der Aufgabe, die vor ihm lag. Aber erst einmal musste er hören, was Moulin von seinem Vorschlag hielt.

Für ihn selbst war der Weg klar. Er hatte schon früher einmal das Angebot bekommen, Kriminalanalytiker bei Europol zu werden, hatte es damals aber ausgeschlagen. Seine Unabhängigkeit war ihm zu wichtig gewesen, seine Auszeiten in der Bretagne.

Doch nun war er bereit dazu. Er brannte für die neue Aufgabe.

Als Simond seine Gedanken reflektierte, musste er schmunzeln. Den alten Mann, den Großvater seiner Schwiegertochter, hatten die mit ihren Methoden unter Kontrolle gehalten. Der Anschlag auf ihn selbst hatte ihn zwar sensibilisiert, aber nicht eingeschüchtert. Bei ihm, Simond, wird das nicht funktionieren.

Heute Morgen hatte er seinen neuen Wagen abgeholt und wollte eigentlich auf die Hochkönigsburg fahren, aber der Wetterumschwung hatte jetzt, Ende März, in den Vogesen noch mal den Winter zurückgebracht. Einige Pässe mussten nochmal gesperrt werden und er hatte bei seinem Porsche bereits Sommerreifen aufziehen lassen. Lange würde sich der Schnee da oben nicht mehr halten. Man musste abwarten.

Moulin hatte sich vom Bahnhof auf den Weg in die Innenstadt Colmars gemacht. Sein Gepäck hatte er vorerst im Schließfach gelassen. Der Zug hatte Verspätung gehabt, aber zu Fuß würde er es noch schaffen. Das Café in der Innenstadt hatte Simond so genau beschrieben, dass man es quasi nicht verfehlen konnte.
„Du suchst einfach das schönste Haus, welches es am Markt gibt, mit fantasievoll dekorierten Fenstern, da warte ich 12 Uhr auf dich", hatte er kurz und knapp gesagt, „alles andere mündlich."
So kannte er Simond nicht. Noch nicht mal eine vage Andeutung, um was es gehen würde. Der einzige Hinweis war „unser alter Fall", und „wichtig", den er noch nachschob, als er die Unsicherheit von Moulin spürte.
Moulin war aufgeregt. Er versuchte, die Schönheit der Stadt zu genießen, die ihn von ihrer Architektur her irgendwie an Deutschland erinnerte, was der wechselvollen Geschichte zuzuschreiben war, und wie zum Beweis entdeckte er auch noch einige deutsche Inschriften an den Eingängen mancher Häuser. Zwangsläufig musste er an Schraplau zurückdenken, an Hallstatt und das, was sie dort über das Bernsteinzimmer herausgefunden hatten. Er spürte, dass er bis zum Bersten angespannt war. Natürlich wusste er, dass das, was Simond nach seiner Rückkehr aus Russland und dem Brand seines Wohnmobils behauptete, nicht den Tatsachen entsprach. Dass sie so völlig falsch gelegen hätten mit ihren Vermutungen. Er konnte ganz einfach nicht glauben, dass Simond sich so verrannt hatte.
Moulin sah auf die Uhr, er hatte noch eine halbe Stunde Zeit. Er kam sich vor wie ein kleines Kind zu Weihnachten, das

die Zeit bis zur Bescherung nicht abwarten konnte. Er entdeckte das Café, welches Simond ihm beschrieben hatte. Er hatte mit einem kurzen Blick durch die Schaufensterscheibe Simond nicht erblicken können und beschlossen, noch eine Runde zu drehen, als ihm aus dem Inneren jemand zuwinkte.

„Mann, ist das geil!" Das Frühstück, das die Wirtin auftischte, nachdem sie den Kaffee gebracht hatte, ließ Bernd das Wasser im Mund zusammenlaufen. Eichsfelder Schlachteplatte und Wurst aus dem Glas, wie bei Oma zuhause. Thorsten verlor keine Worte und haute ganz einfach rein.
„Heinz müsste auch bald hier sein", sagte er nur kurz, bevor er sich das nächste Brötchen aufschnitt, „der bringt uns den Schlüssel zur Burg und will uns noch zeigen, was wir machen sollen."
„Okay", entgegnete Bernd mit vollem Mund und beschäftigte sich ebenfalls weiter mit dem Frühstück. „Was sollen wir denn eigentlich auf der Burg arbeiten? Ich denke, wir sichern Schaltkästen. Aber da oben, da ist doch nichts dergleichen."
„So genau weiß ich das auch nicht", antwortete Thorsten. „Heinz hat da, glaub ich, mal das Kommando gehabt, hier in dem Grenzabschnitt. Der kennt sich auf der Burg gut aus. Früher muss es da mal ganz schön hoch hergegangen sein, wenn du verstehst, was ich meine. Konnte halt nicht jeder

hin, aber die Partys waren legendär. Die Wachen haben sich oben auf dem Burgturm nachts den Arsch abgefroren, einzig so 'n scheiß Wellblechdach schützte einen da oben notdürftig vor Regen oder Schnee, so, wie ich gehört hab. Und währenddessen haben die Bonzen eine Flasche Rotkäppchen Sekt nach der anderen gekippt und die Puppen tanzen lassen. Ich hab' zwar nicht hier gedient, sondern im Harz, auf dem Brocken, aber was man halt so hörte von Kameraden."
„Wie, da kam nicht jeder hin?", hakte Bernd noch mal nach, „auch nicht die, die im Sperrgebiet gelebt haben?"
„Na klar", erklärte Thorsten, „weißt du, wie weit du da in den Westen gucken kannst? Das haben die den normalen Bürgern nicht zumuten wollen. Selbst bei uns Grenzern ist nicht jeder auf so 'nen Posten gekommen. Da haben die schon ganz genau geguckt. Und du bist jeden Tag mit jemand anderem eingeteilt worden. Da hatten unsere Vorgesetzten echt Paranoia. Und wer einmal auch nur den Hauch von Unsicherheit gezeigt hatte, wenn es darum ging, zu schießen, wenn einer abhauen wollte, der war weg vom Fenster."
Bernd wurde nachdenklich, ihm gingen in diesem Moment Geschichten durch den Kopf, die Anna erzählt hatte, über Leute, die sie kannte. Über Ausreisekandidaten, die zurückgekommen waren. Die in ihrer neuen Heimat nicht klargekommen waren, sich dort nicht angenommen fühlten mit ihren Schicksalen, ihren existenziellen Bedrohungen, Bespitzelungen und Gefängnisaufenthalten, die sie verarbeiten mussten, auf dem Weg hinaus aus der DDR.
„Was meinst du damit, weg vom Fenster?", fragte er unsicher.

„Na, die wurden in andere Einheiten im Landesinneren versetzt, oder an die Oder-Neiße-Friedensgrenze, verstehste?"
Thorsten fand die Fragen äußerst merkwürdig und hatte sichtlich keine Lust darauf.
„Guck mal, Heinz ist da!"
Thorsten deutete aus dem Fenster, wo vor dem Eingang zum Biergarten eine schwarze Luxuslimousine anhielt.
„Alter, was für eine geile Karre! Kannst'e dich noch an die Werbung dazu erinnern? Eine Fahrgastzelle und hinten und vorne ein Formel-Eins-Auto, weißt du, was die Kiste kostet?"
„Nee, keine Ahnung", antwortete Bernd, „nicht meine Preisklasse, soviel ist schon mal sicher."
Als Heinz ausgestiegen war, kniete er sich neben seinen Wagen und versuchte, darunter zu schauen.
„Hey, schau mal", sagte Thorsten amüsiert, „das kommt mir bekannt vor."
„Morgen, Männer", Heinz sah genervt aus, „was für scheiß Straßen hier!"
„Morgen!", erwiderten die beiden fast im Gleichklang und standen dabei auf.
„Setzen, Männer, bleibt mal locker. Wie sieht's aus, gut geschlafen?"
Ohne eine Antwort auf seine Frage abzuwarten, fuhr Heinz fort: „Wo ist Helga?"
Thorsten und Bernd schauten sich verdutzt an, als die Wirtin den Raum betrat.
„Ach, der Herr Oberst", sagte sie mit verhaltenem Gesichtsausdruck.
„Also, Helga, mach mal noch 'n Frühstück", entgegnete Heinz, „und nicht so förmlich, die Zeiten sind vorbei."

Er setzte sich und blickte sich um.

„Gar nicht so schlecht, was ihr aus der alten Hütte gemacht habt. Aber mit der Straße, da muss unbedingt was passieren!"

Helga entschloss sich nach kurzem Zögern, die Aussage von Heinz unkommentiert zu lassen und verschwand in der Küche.

„Was hast'e der denn getan?"

Thorsten erschrak sich kurz über die Frage, die er Heinz gestellt hatte, als sie nach dem Frühstück zu Fuß auf dem Weg zur Burg waren und er dessen aus seiner Frage resultierenden Gesichtsausdruck wahrnahm.

Heinz war auf dem schmalen Fahrweg, der zum Eingang der Burg führte, stehengeblieben und betrachtete die alten Weinreben, die zwischen den Felsstufen unterhalb der Burgmauer eine beachtliche Größe erreicht hatten.

„Der Wein war gar nicht schlecht", Heinz deutete auf die Reben, als wolle er vom Thema ablenken, fuhr dann aber doch beschwichtigend fort.

„Ach Thorsten, du weißt doch selbst, wie das früher war. Ganz ohne zerschlagenes Porzellan ging das hier auch nicht ab. Die meisten haben sich damit arrangiert, im Sperrgebiet zu leben, und wir haben weiß Gott sämtliche Augen plus Hühneraugen zugedrückt, wenn es darum ging, dass mal der ein oder andere seine Freunde besuchen wollte, ohne das ganze Procedere einer Genehmigung über sich ergehen zu lassen. Die gängige Methode war vor der Rücksitzbank liegend und Decke drüber. Einen Tag vorher dem Posten Bescheid sagen war ausreichend. Jeder hat profitiert, doch manch einer hat halt übertrieben.

Wenn ich an die Partys hier oben denke", Heinz deutete auf die Burg Hanstein, die über ihnen lag, „oder drüben auf der Teufelskanzel. Das war für einige Mädels schon interessant, da dabei zu sein, wenn ihr versteht, was ich meine. Doch jetzt haben halt alle ihren Moralischen, und alle waren schon immer dagegen. Die meisten Häuser hier im Ort würden nicht mehr existieren, wenn wir nicht beide Augen zugedrückt hätten, bei dem Material, was auf der Baustelle der LPG verschwunden ist.
Aber naja, Dankbarkeit, Loyalität, das kennen die meisten nicht, und wenn doch, dann müssen sie sich jetzt beschimpfen lassen. Der Wind hat sich gedreht, und schon richten sich die Wetterfahnen dementsprechend aus. Das muss ich euch aber nicht erklären, nicht wahr, Bernd?"
Er legte die Hand auf Bernds Schulter.
„Denk mal an deinen Vater. Der ist das beste Beispiel dafür, wenn die ganzen Wendehälse denken, denen, die für sie gesorgt haben, jetzt mal einen Denkzettel zu verpassen. Kommt, lasst uns mal weitergehen."
Thorsten hatte es vorgezogen, nicht weiter nachzufragen und lief den beiden hinterher.
„Oder läuft das Café von deinem Vater wieder besser?", fragte Heinz nach kurzer Zeit des Schweigens. „Ich habe die Abende dort immer genossen", sagte er nachdenklich.
Bernd schaute Heinz von der Seite an. Warum konnte er sich nicht an ihn erinnern? Keine Ahnung, gesehen hatte er ihn damals nie, zumindest glaubte er das.
Heinz kramte gedankenversunken in seiner Jacke und zog einen Schlüsselbund mit Holzknauf heraus. Kurz hatten Bernd und Thorsten den Eindruck, dass Heinz etwas über die

alte Kirche erzählen wollte, die sich genau neben dem Eingang zur Burg befand und die er die ganze Zeit über betrachtet hatte. Doch dann seufzte er nur kurz und schloss das alte Tor auf. Nachdem sie den Hof der Burganlage betreten hatten, wurde die Größe der Festung erstmals in ihrer Gänze deutlich. Zahlreiche Mauerreste ließen erahnen, welche Ausmaße das Bauwerk früher einmal gehabt haben musste, aber auch die Reste und vor allem die zwei noch erhaltenen Türme waren schon sehr imposant.

Heinz lehnte sich linker Hand mit den Unterarmen in eine zinnenartige Vertiefung und schmunzelte.

„Hier haben wir einige von den Wessis erschreckt."

Er deutete auf eine weitere Burg in einiger Entfernung, die man recht gut erkennen konnte.

„Seht ihr die Anlage da drüben, auf der anderen Seite des Werratals? Das ist die Burg Ludwigstein. Wenn das mit dem Wetter und der Akustik passt, ist hier ein ausgezeichnetes Echo. Da haben die im Mittelalter schon ihren Schabernack getrieben. Diese Burg dort drüben soll der Teufel gebaut haben. Deswegen haben die hier auf dem Hanstein auch eine in Stein gemeißelte Fratze eingemauert, die ihre Zunge genau in Richtung Ludwigstein streckt, und über das Echo hat der Teufel halt ab und zu auch zu denen da drüben gesprochen. Manchmal sind Jugendliche von Hessen aus im Übermut zu dicht an die Grenzanlage rangekommen und haben mit Steinen geschmissen, um Minen zu treffen. Was dann passierte, könnt ihr euch ja vorstellen. Die waren meist ganz schnell wieder verschwunden.

Na gut", seufzte Heinz, als würde sich bei ihm nach dieser Anekdote so etwas wie Wehmut breitmachen, dann ging er weiter.

„Ich zeige euch jetzt, was ihr machen sollt."
Sie gingen weiter über den äußeren Burgring, bis sie zu einer Brücke kamen, über die man ins Innere der Anlage gelangte. Heinz hielt sich an einem alten Baum fest, der an einer Seite der Brücke stand, und kletterte von dort in den Graben. Nach kurzem Zögern stiegen Bernd und Thorsten hinterher. Unmittelbar unter der Brücke befand sich eine geschickt angelegte Tür, die sehr massiv ausgelegt war und die ein Teil eines ebenfalls sehr massiven riesigen Metallschrankes war, der sich perfekt an das Brückengewölbe anschmiegte.
Heinz nahm den zweiten Schlüssel des Bundes mit dem Holzknauf zur Hand und bewegte sich auf die Tür zu, während er erklärte: „Das ist eine der wichtigsten Anlagen, die wir betreuen müssen, neben dem Objekt in Halle am Töpferplan. Ach, übrigens, um die Spinner, die dort im Keller 'ne Kneipe aufmachen wollen, müssen wir uns auch noch kümmern. Wir brauchen da auf jeden Fall ungehinderten Zugang zum Schaltschrank, jederzeit. Aber eins nach dem anderen. Erst mal müssen wir hier ran und oben auf der Teufelskanzel. Der Schaltkasten da oben war ja nur eine Zweigstelle, muss aber trotzdem hundertprozentig gesichert werden. Der Spinner, der dort oben residierte, unser ‚Sudelede', brauchte uneingeschränkten Zugang zum Westfernsehen, um seine Sendung zusammenzustellen. Nach der Wende ist er dann gleich abgehauen, genau dahin, wo er ständig das Böse vermutete und propagierte."
Nach kurzem Zögern bemerkte er noch: „Ich fand den ja schon damals äußerst merkwürdig, aber die vom Zentralkomitee hatten einen Narren an dem gefressen, hielten seine Sendung für systemrelevant. Dabei hat die bei uns im Osten niemand geguckt. Im Westen dafür umso mehr, die haben

das für 'ne Art Comedy gehalten und dementsprechend abgefeiert, unseren Herrn von und zu. Da jedenfalls fahren wir nachher auch noch zusammen hin. Der hat sich da oben 'ne ganz beachtliche Hütte hingestellt. Das soll jetzt Gastronomie werden. Die ruhigen Zeiten sind da auch vorbei, naja, aber erst mal der Reihe nach."

Heinz versuchte, die Tür aufzuschließen, was ihm nicht auf Anhieb gelang. Doch als diese mit einem lauten Knacksen nachgab, schaute er nur kurz hinein und machte das erste Mal an diesem Morgen einen ausgeprägt zufriedenen Eindruck.

„Ist das nicht eine Augenweide, diese Glasfaserkabel, und wir sollen das alles jetzt gegen Kupfer austauschen. Die wissen doch gar nicht, was sie machen, diese Westidioten."

„Ça va, Moulin!"

Moulin hatte sich ruckartig umgedreht, als ihm jemand auf die Schulter getippt hatte. Doch der Mann, der ihm gegenüberstand und ihn begrüßte, war ihm völlig fremd. Die Stimme allerdings kam ihm bekannt vor und dieses schelmische Lächeln. Moulins graue Zellen arbeiteten auf Hochtouren und spuckten dann ein völlig überraschendes Ergebnis aus.

„Simond?", fragte er vorsichtig, „bist du das?"

Moulin trat einen Schritt zurück und musterte sein Gegenüber mehrfach von oben bis unten.

„Das glaube ich nicht, du bist es wirklich."

Dann ging er einen Schritt auf Simond zu und begrüßte ihn mit einem angedeuteten Kuss auf die Wangen.

„Mensch, schön dich zu sehen! Ich hatte mir totale Sorgen gemacht, als ich von dem Brand in deinem Wohnmobil hörte."

„Komm, lass uns ins Café gehen, mir wird kalt hier draußen", entgegnete Simond und wies auf das Lokal hinter sich, in das Moulin kurz vorher durchs Fenster hineingeschaut hatte.

Die Frau hinter dem Tresen begrüßte Moulin freundlich.

„Was kann ich ihnen bringen, Monsieur?"

„Einen Espresso, bitte."

„Ja, gerne."

„Hast du dein Handy dabei?", war Simonds erste Frage, und sie schien ihm immens wichtig.

„Klar doch", antwortete Moulin etwas verunsichert.

„Kannst du das bitte ausschalten und den Akku entfernen."

„Was soll ich?"

„Mach bitte", sagte Simond bestimmt, „ich erkläre dir das gleich."

„Also", begann er, nachdem Moulin seiner Bitte nachgekommen war, „ich weiß gar nicht so recht, wo ich anfangen soll. Meine Recherchen zum Bernsteinzimmer und dieser Spezialeinheit, ich lag da keineswegs verkehrt. Sagen dir die Begriffe Algorithmen, Botnetz oder Selektorenlisten irgendwas?"

„Klar", erwiderte Moulin überrascht, „zwar jetzt nicht so im Detail, aber ich weiß, worum es geht, nicht zuletzt wegen dieser Telekomgeschichte letztes Jahr."
„Gut", Simond überlegte kurz.
„Das mit meinem Wohnmobil und mit dem Felssturz in Hallstatt, das waren Anschläge auf uns. Ich war mir erst nicht sicher, und ich habe ehrlich gesagt auch nicht damit gerechnet, dass die so weit gehen würden, und habe uns alle damit in Gefahr gebracht."
Er trank einen Schluck Kaffee und fuhr dann fort.
„Also, die hatten mir schon eindeutige Signale gesendet, aber ich Idiot habe das für dilettantische Fehler gehalten und sie aus diesem Grund unterschätzt. Sorry, das passiert mir nicht nochmal. Das sind alles andere als Nasenbohrer, mit denen wir es hier zu tun haben. Ich würde vorschlagen, ich zeige dir heute erst mal etwas von dem, was ich bereits herausgefunden habe, und dann denkst du in Ruhe über meinen Vorschlag nach. Übrigens, Renard hat uns für heute Abend zum Essen eingeladen. Wo hast du denn eigentlich dein Gepäck?"
„Ich musste mich beeilen, deswegen habe ich es am Bahnhof deponiert."
„Gut, das bringen wir erst mal zu der Pension von Renard und seiner Frau. Nebenbei, eine total Nette, die Brigitte."
Simond winkte die Bedienung heran und zahlte. Dabei blickte er sich mehrfach im Café um.
„Ich bin mir nicht sicher, Moulin, aber der Typ, der hinter uns sitzt und Zeitung liest, den habe ich heute schon mal gesehen."
Simond wirkte beunruhigt, als sie aufstanden und das Café verließen.

Nach wenigen Minuten erreichten sie den Parkplatz.
„Was ist denn das?" Moulin fielen fast die Augen raus, als er Simonds Wagen sah.
„Mensch, wenn ich nicht wüsste, dass du es bist, ich würde das alles nicht für möglich halten!"
„Nun lass mal gut sein", beschwichtigte Simond mit einem kurzen Lächeln, „das sind alles nur Äußerlichkeiten. Die machen für mich keinen Unterschied. Das macht es mir nur einfacher, unterzutauchen in der Szene, mit der wir es zu tun haben. Und außerdem macht's auch jede Menge Spaß, das muss ich schon zugeben."
Er holte den Schlüssel aus der Jackentasche und öffnete seinen Porsche. Dann stieg er ein und startete den Motor. Er gab zweimal kurz Gas, bevor er die Tür mit einem verschmitzten Lächeln zuzog. Moulin hatte mittlerweile neben ihm Platz genommen und musterte das Interieur.
„Ja, die Deutschen. Autos bauen können die."
Dazu nickte er anerkennend.

Heinz blickte auf die Werraschleife, die unter ihnen lag, und dehnte sich genüsslich, um danach die Hände hinter seinem Kopf zu verschränken. Bernd war der letzte, der die verwitterten Stufen auf den Felsen geklettert war. Er hatte noch den Schaltkasten gesichert, indem er einen zusätzlichen Riegel und ein Vorhängeschloss angebracht hatte.

„Ich glaube, das ist fürs erste okay", sagte er an Heinz und Thorsten gerichtet, die ihn für einen Moment gar nicht wahrnahmen.

„Schau mal, das ging ja schnell." Heinz deutete auf die Brücke, die die beiden Ufer der Werra miteinander verband.

„Die sieht aber noch recht provisorisch aus", kommentierte Thorsten den Baufortschritt in der Tiefe. „Irgendwie stört die da. Vom Ausblick her haben wir der Landschaft damals einen Gefallen damit getan, dass wir sie demontiert haben."

„Na gut, aber die Zeit lässt sich halt nicht zurückdrehen."

Heinz beendete seine Pose, er nahm die Hände hinter dem Kopf hervor und steckte sie in die Hosentaschen. Er blickte zu der Hütte, die hinter ihnen etwas tiefer im angrenzenden Wald stand.

„Was waren das für geile Feiern hier oben! Einmal war dein Vater auch mit dabei", sagte Heinz zu Bernd, den er gerade bemerkt hatte, und schaute ihn grinsend an.

„Du brauchst gar nicht zu überlegen, Bernd. Da warst du noch viel zu klein, und außerdem hätte dein Vater dich nie mitgenommen, wenn er uns mit Mädels versorgt hat."

Bernd erschrak für einen Augenblick.

„Nun tu nicht so", Heinz legte ihm die Hand auf die Schulter, „das hast du doch gewusst, oder etwa nicht? Die meisten haben das freiwillig gemacht. Der Glamour, die Aura der Macht, du verstehst schon, da musste man gar nicht lange reden. Und finanziell war das auch durchaus interessant. Einige wenige hatten, na, sagen wir mal, die Chance, dadurch gewisse Sachen wieder in Ordnung zu bringen. Sudelede war zwar ein Arschloch, aber feiern konnte der, das war schon genial. Was diese Hütte alles gesehen hat. Fast so gut wie Hanstein. Aber eben nur fast."

Er wandte sich zum Gehen.
„So, nun lasst uns zurückfahren. Es ist schon spät. Ich bleibe heute auch hier, habe mir im Flusenhof ein Zimmer reserviert. Heute Abend titschen wir mal ordentlich einen", sagte Heinz lachend. „Das Essen von Helga ist vorzüglich und das Bier ebenso."

„C'est incroyable!"
Simond hatte seinen Porsche auf dem Seitenstreifen mit der markierten Parkfläche abgestellt. Nachdem auch er ausgestiegen war, schaute er zu Moulin, der schon an dem Geländer der gegenüberliegenden Straßenseite lehnte, um den Anblick des imposanten Bauwerkes sacken zu lassen.
„Die ist ja komplett intakt! Unglaublich, ich habe hiervon noch nie was gehört!"
Moulin war restlos begeistert.
„Ja, Wahnsinn", Simond nickte, obwohl er solchen mondänen Bauten nicht unbedingt etwas abgewinnen konnte.
„Die hat Wilhelm II. in den Jahren 1901 bis 1908 restaurieren lassen, wenn ich mich nicht irre. Damals war das Elsass deutsch. Aber warum wir eigentlich hier sind – hier steht der Server, von dem aus die Schadsoftware auf meinen Laptop gekommen ist."
„Comment?", Moulin schaute verdutzt. „Was macht das für einen Sinn? Auf so einer alten Burg in Frankreich, mit dieser

Besucherfrequenz, wie sollen sich ausgerechnet von hier Leute einhacken?"

„Genau das ist die Frage, die mich die ganzen letzten Wochen beschäftigt hat. Und dann bin ich auf folgende Spur gekommen. Lass uns ein Stück zum Eingang laufen, wenn wir Glück haben, steht dort das, was ich dir zeigen will."

„Du machst es aber spannend."

Moulin sah Simond scannend an, als versuchte er, in dessen Kopf zu schauen. Moulin hatte sich noch nicht an den neuen Simond gewöhnt, obwohl er sich anfangs, bei ihrem ersten Zusammentreffen in Chamonix, so gar nicht hatte vorstellen können, mit diesem verzottelten, unkonventionellen Menschen mit seinem rostigen Oldtimer auch nur eine Minute länger als unbedingt notwendig zusammenzuarbeiten, vermisste er jetzt diesen Simond schon ein wenig. Er hatte den genialen Kopf unter dem gewöhnungsbedürftigen Outfit schätzen gelernt und fragte sich in diesem Moment, ob mit dem äußeren Wandel sich vielleicht auch ein innerer vollzogen hatte.

Dann versuchte er, diesen Gedanken auszublenden.

„Okay Simond, dann schauen wir mal."

Simond hatte die Unsicherheit bei Moulin bemerkt.

„Es klingt schon verrückt, oder?", sagte er lächelnd. „Komm mit, du wirst mich sicher gleich verstehen."

Als sie sich dem Eingang der Burg näherten, hellte sich Simonds Gesichtsausdruck auf.

„Treffer!", sagte er nur kurz, „ich war mir nicht ganz sicher. Siehst du den rot-grauen Transporter da vorn?"

„Klar, der mit dem deutschen Kennzeichen?"

„Exakt, genauer, ein Leipziger Kennzeichen. Erkennst du die Aufschrift? Secur, ein Unternehmen der Elektron Gruppe."
„Hmm", Moulin überlegte.
„Ich sehe, da kommst du bestimmt gleich selbst drauf." Simond blickte ihn gespannt an.
„Nicht ganz, Simond! Ich glaube, du musst mir helfen."
„Also", Simond machte eine kurze Pause und vergewisserte sich, dass niemand neben ihnen stand, der ihm zuhören konnte.
„Das alte Haus in Schraplau, mit dem Keller, der als Unterschlupf von diesem Erich Eisenhuth alias Lehmann genutzt wurde. Dieser Polizist aus Querfurt, Wehner, erwähnte doch, dass dieses Haus einer Wachschutzfirma aus Leipzig gehörte."
„Na klar!", Moulin stupste sich mit der flachen Hand gegen die Stirn, „und das ist die gleiche Firma?"
„Exactement. Laut Handelsregister gehört sie einem Monsieur Klappblau. Da bin ich noch am Recherchieren, was der früher für eine Rolle gespielt hat. Er ist auf jeden Fall in Ostdeutschland geboren, in Leipzig. Findest du nicht auch, dass das zu viele Zufälle sind?"
„Durchaus", antwortete Moulin, „das denke ich auch. Hast du schon mit Renard über deinen Verdacht gesprochen?"
„Nein, noch nicht. Ich wollte damit warten, bis du da bist. Ich möchte euch beiden einen Vorschlag machen."

„Scheiße, die ist immer noch nicht zu Hause!"
Bernd hatte nun schon zum dritten Mal an diesem Abend versucht, Anna zu erreichen.
„Was bin ich für die Telefonate schuldig?", fragte er die Wirtin Helga und blickte sie dabei genervt an.
Helga schaute skeptisch zu Heinz hinüber, der die ganze Zeit versuchte, mit Bernd Blickkontakt aufzunehmen. Als ihm das nicht gelang und Bernd auch noch Anstalten machte, auf sein Zimmer zu gehen, stand Heinz entschlossen auf, ging auf ihn zu und legte ihm die Hand mit festem Griff auf die Schulter.
„Pass mal auf", begann Heinz in bestimmendem Ton, „wenn ich mit euch gemeinsam ein Bier trinken gehe, dann beenden wir das auch gemeinsam, klar?"
Bernd blickte Heinz für einen Moment in die Augen. Zum ersten Mal, seitdem er ihn kannte, hatte dessen Stimme und Blick überhaupt nichts Väterliches. Kurz überlegte Bernd, was er tun sollte, dann setzte er sich zurück an seinen Platz.
Thorsten hatte sich das Geschehen mit in Falten gezogener Stirn angesehen, die sich erst glätteten, als Bernd wieder am Tisch saß.
„Mach noch mal 'ne Runde Bier und drei Kurze, Helga!", rief Heinz betont fröhlich.
Helga sagte mit einem Seufzer und genervter Tonlage: „In Ordnung", und schaute demonstrativ zur Uhr, die an der Wand neben dem Tresen hing.
„Du kannst ruhig zusperren, Helga, ich zapfe das nächste Bier selbst."

Als Heinz Helgas Zögern bemerkte, fuhr er mit dem Satz fort: „Wir haben hier was zu besprechen, schönen Abend und schlaf gut."
Die Wirtin drehte sich um und verschwand durch die Küche.
„So, Bernd", begann Heinz, „nun mal Butter bei die Fische. Was ist los mit dir?"
Bernd nahm sein Bier, trank einen Schluck und sah verlegen zu Thorsten hinüber.
„Also", fuhr Heinz fort, „was ich dir bei deinem Einstellungsgespräch gesagt habe, das meine ich auch so. Wir sind hier eine große Familie, und Thorsten gehört dazu. Wir haben daher keine Geheimnisse voreinander! Aber vor allem helfen wir einander und stehen füreinander ein, verstehst du, und das sind keine leeren Worte. Bei uns funktioniert das noch wie früher. Nun, wo drückt der Schuh?"
„Anna!"
Bernd war selbst erschrocken, mit welcher Heftigkeit ihm der Name über die Lippen gegangen war, und wie um sich für seinen emotionalen Ausbruch zu entschuldigen, schob er noch mal ein leises: „Anna", hinterher.
„Hast Angst, dass sie dich jetzt gerade wieder betrügt?", wollte Heinz in einem sanften, sachlichen Ton wissen.
Bernd blickte wieder verlegen zu Thorsten, der jedoch nicht aussah, als wäre ihm dieses Thema neu, dann sah er Heinz wieder an.
„Scheiße, ja, aber das weißt du ja schon."
Heinz hatte wieder zu seiner väterlichen Miene zurückgefunden.
„Hast du mal versucht, das mit ihr zu besprechen?"
„Ja, klar, sie sagt dann immer, es kommt nicht mehr vor. Und vor allem läge es daran, dass ihr bei uns zu Hause die Decke

auf den Kopf fällt. Diese alte, feuchte Bruchbude. Sie zeigt mir halt immer, dass ich ihr nichts bieten kann. Zumindest habe ich diesen Eindruck. Diese scheiß Kohleöfen und kein vernünftiges Bad. Ist halt alles Mist, vor allem, wenn dann das Kind da ist."
„Und, wie möchtest du das ändern?"
Heinz ließ die Frage nachhallen, indem er nun seine Stirn in Falten zog.
„Wir brauchen ganz einfach was Vernünftiges."
Bernd sagte diesen Satz so leise, als würde er ihn am liebsten für sich behalten.
„Ja, wo gibt's denn da ein Problem?"
Heinz' Stirnfalten hatten sich zur Hälfte aufgelöst und der Mund sich zu einem Lächeln geformt.
„Na ja, ich habe mich schon ein bisschen umgehört", fing Bernd an, „in Rollsdorf verkaufen die schlüsselfertige neue Häuser, total geil. Ich war auch schon bei einigen Banken, kriege aber keinen Kredit. Ich arbeite noch nicht lang genug, und mein Vater ist mit seinem Haus mittlerweile auch verschuldet. Der kommt als Bürge nicht in Frage. Ich würde ihn auch nur ungern fragen, ehrlich gesagt."
„Okay", Heinz nickte interessiert, „was hältst du davon, wir schauen uns die Hütte mal zusammen an und dann reden wir nochmal in Ruhe. Das kriegen wir schon hin."
Er legte wie zur Besieglung erneut seine Hand auf Bernds Schulter und zwinkerte Thorsten zu.
„Prost, ihr Luschen! Ihr trinkt ja wie Mädchen!" Heinz hielt seinen Schnaps hoch und stieß mit Thorsten und Bernd an.
Bernd fühlte sich unheimlich erleichtert, doch er bekam Anna nicht aus dem Kopf.
„Ach, übrigens, wisst ihr, warum das hier Flusenhof heißt?"

Bernd, dankbar über den Themenwechsel, sagte interessiert: „Nöö, warum denn?"
„Also", Heinz strich sich genüsslich über den Bauch", „während ich das Kommando hatte an diesem Grenzabschnitt, da wurden hier im Haus Uniformen genäht, für unsere Eliteeinheit, das Wachregiment. Nach der Wende wurden die Maschinen dann verkauft und als die Räume leer waren, hat man beim Reinigen zehn große Müllsäcke mit Flusen rausgekehrt."

Brigitte hatte Flammkuchen gemacht, eine elsässische Spezialität, und nachdem sie die restlichen Pensionsgäste bedient hatte, setzte sie sich zu Moulin, Renard und Simond an den Tisch. Sie schmiegte sich an Renard und schaute ihn fragend an.
„So, wie ihr drei ausseht, seid ihr bestimmt einer Weltverschwörung auf der Spur."
Renard lächelte verlegen.
„Nicht ganz. Ich habe das Angebot erhalten, als Kriminalanalytiker zu Europol zu gehen."
„Und, hast du dich schon entschieden?"
Brigitte lächelte zaghaft.
„Nun, wir können ja später darüber reden, ich habe noch zu tun und ihr wollt sicherlich noch reden. Noch drei Bier?"
„Ja, gerne", antwortete Simond.

„Der hast du jetzt aber einen Schreck eingejagt", sagte Moulin leise, als Brigitte sich entfernt hatte.

Renard räusperte sich: „Ich habe ihr versprochen, ein Jahr zu pausieren und hier zu helfen, und dabei bleibt es. Trotzdem fühle ich mich geehrt, danke für das Angebot. Vielleicht gilt es ja auch später noch. Trotz allem, wenn ich euch mit Rat und Tat zur Verfügung stehen kann, jederzeit."

„Okay, Simond", sagte Moulin, nachdem Brigitte das Bier gebracht hatte, „wo waren wir stehengeblieben? Also, angefangen hatte das alles mit dieser Mail von deiner Bank."

„Richtig", antwortete Simond, „ich habe früher öfter Mails erhalten, wo sie mich daran erinnert haben, dass mein Dispo ausgereizt ist. Ich war da gerade in der Bretagne, im Grunde hatte ich keine richtige Lust mehr zu arbeiten, doch von diesen Stasi Sachen konnte ich einfach nicht die Finger lassen. Und die Geschichte mit dem Bernsteinzimmer hatte mich elektrisiert. Die Anzeichen waren eigentlich eindeutig. Mein Rechner wurde immer langsamer, und ab und zu ging meine Webcam an, sie blinkte jedes Mal, wenn ich über das Bernsteinzimmer recherchierte. ‚Lass die Finger davon', eindeutiger ging es nicht. Ich habe dann eine Systemwartung durchgeführt, einen Wiederherstellungspunkt ausgewählt und dachte, damit wäre alles erledigt. Doch ich hatte uns schon in Hallstatt in Gefahr gebracht und ermöglicht, dass die in Schraplau die Beweise rechtzeitig verschwinden lassen konnten. Doch gleichzeitig habe ich auch unbeabsichtigter Weise dafür gesorgt, dass sich dieser Erich Eisenhuth gestellt hat, der weiß mehr, als wir uns bisher vorstellen können."

„Soweit wir in Erfahrung bringen konnten, wurde das Ermittlungsverfahren in Österreich mangels Beweisen eingestellt", ergänzte Moulin Simonds Aussagen. „Und wir in Frankreich haben auch keine ausreichenden Fakten, um über Interpol ein Auslieferungsverfahren einzuleiten."
„Aber", Simond schaute kurz zu Moulin, um sich zu vergewissern, dass dieser mit seiner Ausführung fertig war, „als die ihn in Österreich auf freien Fuß setzen wollten, just in dem Moment kam ein Haftbefehl aus Deutschland. Unterschlagung und Veruntreuung von Firmeneigentum. Und nun ratet mal, von wem."
Renard hielt seinen Kopf schräg und dachte kurz nach. „Ich schätze mal, die Wachschutzfirma aus Leipzig, bei der er mal gearbeitet hat, und die das Haus in Schraplau verkaufen wollte, welches ihr dann angeblich doch nicht gehörte."
„Richtig", sagten Moulin und Simond fast im Einklang.
„Ich habe schon mit meinem neuen Arbeitgeber gesprochen", fuhr Simond fort, „diese Firma haben die schon länger auf dem Schirm. Das BKA ist auch irgendwie involviert. Aber soweit habe ich mich noch nicht eingearbeitet."
„Eine spannende Aufgabe", Renard kratzte sich am Kopf, „organisierte Kriminalität. Wenn auch das BKA dabei ist, können wir schon von einer Bewertung als schwere Bedrohungslage ausgehen."
„Exactement, Renard." Simond nickte zustimmend.
Moulin versuchte es nochmal: „Magst du vielleicht doch mitmachen, Renard?", und blickte ihn fragend an.
„Nett gemeint, aber mein Entschluss steht fest."
Renard schmunzelte.
„Habt ihr schon mit Nicole gesprochen?"

„Nein, leider nicht. Nachdem sie das Praktikum in Marseille abgebrochen hat und deine Vertretung nicht übernehmen wollte, habe ich von ihr nichts mehr gehört", antwortete Moulin.
„Und dieser Kommissar aus Querfurt, der mit der Kojakmacke?"
Renard grinste in sich hinein, als er an Wehner dachte.
„Wer sonst, wenn nicht diese Generation, die mit den ganzen Repressalien leben musste, sollte eine Ahnung davon haben, wie solche Strukturen funktionieren."
„Keine schlechte Idee", sagte Simond.
„Ach, übrigens", Renard musste lachen, „ich habe Brigitte erzählt, wie du bis letzte Woche noch rumgelaufen bist, Simond. Sie hat nur abgewunken und gesagt, verarsch mich nicht. Dein neuer Style steht dir wirklich gut."
„Danke, Renard, es fühlt sich für mich auch alles richtig an, hätte ich mir bis vor kurzem auch nicht vorstellen können."
Simond schien etwas verlegen.

„Diesen Samstag ist schlecht, da wollten wir eigentlich die neue Küche aufbauen."
Heinz schaute Bernd eine ganze Weile an, ohne ein Wort zu sagen. Sein Blick erzeugte bei Bernd ein nachhaltiges Unbehagen.
„Scheiße, ich habe Freunde eingeladen, die uns helfen."

Heinz sagte immer noch nichts und kniff die Augen etwas zusammen.

„Bernd, das ist nun schon das zweite Mal, dass ich dich an unsere Abmachung erinnern muss", raunte er nach einer Weile.

„Ich habe für euer Haus gebürgt bei der Bank, und du erledigst die Fahrten für mich, wenn es notwendig ist. Dir war schon klar, dass das im Großen und Ganzen sehr spontane Termine sind. Je nachdem, wann unser Zöllner Dienst hat. Das hast du doch verstanden, Bernd?"

Heinz zog die Augenbrauen hoch.

„Ja, Heinz, hab' ich, aber Anna... Am Anfang hat sie gesagt, das geht in Ordnung, wenn ich ab und zu auch am Wochenende mal wegmuss. Aber jedes Mal, wenn es dann soweit ist, zieht sie eine Fresse, wenn du verstehst, was ich meine. Am Anfang hat sie auch gesagt, mit Öffi's wäre okay, sie kommt jederzeit nach Halle. Und nun musste es doch noch ein zweites Auto sein, aber natürlich eins, wo auch der Kinderwagen gut reinpasst. Mir wird das alles zu viel, verstehst du?" Er zog die Schultern hoch und ließ sie dann resigniert hängen.

„Am Haus ist noch so viel zu machen. Das Grundstück sieht noch aus wie eine Mondlandschaft."

„Nun gut", Heinz nickte, „und was hat das alles jetzt mit der Fahrt nach Liberec zu tun?"

„Ist ja schon gut, ich mach's ja."

Bernd hatte das Gefühl, dass ihm alles über den Kopf wuchs. Und als ob das nicht schon genug wäre, war er, seitdem Anna das Kind bekommen hatte, praktisch nicht mehr existent. Ihre ganze Zuneigung und Aufmerksamkeit bekam Fritz, der zu allem Überfluss Bernd so gar nicht ähnlichsah.

Nachts allerdings, wenn er schrie, da war Bernd an der Reihe, sich zu kümmern.

„Du bist die ganze Woche unterwegs und kannst ausschlafen!", argumentierte Anna.

So gesehen waren die Fahrten in die Tschechei eigentlich ganz willkommene Abwechslung.

„Alles klar, nächste Woche wird es auch wieder entspannter. Da bist du dann mit dem Demontagetrupp unterwegs", sagte Heinz zufrieden.

Demontagetrupp. Bernd war jetzt den dritten Monat bei Elektron, doch das erste Mal sollte er nun dort mit. Er war gespannt, was da auf ihn zukam.

Bernd stand in seinen Arbeitssachen pünktlich um sieben Uhr morgens an der Werkstatt in Halle, als Heinz mit dem großen, neunsitzigen Van vorfuhr. Er ließ das Fenster herunter und schaute lachend auf Bernd.

„So, als erstes bringst du mal deinen Werkzeugkoffer zurück. Ich hoffe, du hast noch etwas anderes zum Anziehen dabei? So ist das ein wenig unpassend."

„Wie jetzt?", Bernd war das Fragezeichen in seinem Kopf durchaus anzusehen.

„Schön, da haben also alle dichtgehalten. War nicht anders zu erwarten." Heinz grinste zufrieden. „Also?"

Bernd deutete auf seine Reisetasche, die neben dem Tor der Werkstatt stand.

„Ja, was ist nun? Umziehen, Arbeitsklamotten kannst du hierlassen, und ein bisschen schnell, wenn ich bitten darf, wir haben Hunger!"

Bernd hörte Gelächter aus dem hinteren Teil des Vans, der durch die schwarzgetönten Scheiben nur schwer einzusehen

war. Er nahm seinen Werkzeugkoffer, ging zu seiner Reisetasche und schloss die Werkstatt auf. Nach wenigen Minuten war er fertig, er schloss das Tor und ging zum Van.
Die hintere Schiebetür öffnete sich und Thorsten stieg aus. Er grinste über das ganze Gesicht, klappte den Sitz um und wies Bernd einen Platz auf der hinteren Sitzreihe zu. Danach stieg er wieder selbst ein und zog die Tür zu.
Bernd blickte sich um. Außer Heinz und Thorsten kannte er niemanden. Er stellte sich vor und gab einem nach dem anderen die Hand.
„So, alles klar", sagte Heinz grinsend, „nun ist es an der Zeit, dass unser neuer Kollege mal die anstrengende Demontagewoche kennenlernt."
Lautes Gelächter machte sich im Wagen breit. Bernd verstand überhaupt nichts mehr. Doch er hatte auch kein Interesse nachzufragen. Er war viel zu müde von dem Auftrag, den er am Wochenende hatte erledigen müssen.
Als der Wagen auf die Autobahn Prag – Dresden einbog, fielen ihm bereits die Augen zu und er schlief sofort ein. Die Dehnungsfugen der alten Betonplatten der Autobahn fühlten sich an wie ein Schlaflied, das ihn in die Träume begleitete.

„Was ist denn mit dir los?"
Anna schaute Bernd mit dem durchdringendsten Blick an, den sie aufbieten konnte.
„Irgendetwas stimmt doch nicht mit dir!", legte sie noch mal nach, erhielt aber keine Antwort.
Bernd legte seine Tasche in der Garderobe ab und ging ins Bad.
„Alles in Ordnung", sagte er knapp angebunden und schloss die Tür hinter sich.

Er betrachtete sich im Spiegel. Er hatte sich die letzten drei Tage nicht rasiert und die Ringe unter seinen Augen waren auch mehr geworden. Er hatte das ambivalente Gefühl, sich einerseits erholt zu haben, andererseits fühlte er sich schlapp.
Er drehte sich zur Seite und begutachtete sein Profil. Er hatte zugelegt, da hatte Thorsten schon recht. Aber abends nach der Arbeit noch trainieren gehen, das schaffte er nicht. Der Garten, das Haus, alles schien ihn zu erdrücken.
Anna hatte sich ebenfalls verändert, sie war erwachsener geworden. Sie genoss ihr neues Leben in vollen Zügen, die Annehmlichkeiten, die das neue Haus mit sich brachte. Auch ihr Umgang hatte sich gewandelt. Waren es vor einigen Wochen noch Kunststudenten und jede Menge flippiger Szeneleute, so besuchte sie jetzt meistens Mütter mit biederen Kombis, in denen genauso biedere Kinderwagen Platz fanden, um gemeinsame Gespräche über den neuen Mittelpunkt der Welt zu führen, Kinder und die damit verbundenen Produktdiskussionen über Windeln, Babynahrung und so weiter und so fort.
Bernd hatte diese Entwicklung herbeigesehnt, Anna war ruhiger geworden. Doch nun kamen andere Aufgaben auf ihn zu.
„Du, wir wollen diesen Sommer schon noch mal draußen sitzen!", hatte sie letztens erst wieder vorwurfsvoll gesagt.
Die Terrasse war die dringendste Angelegenheit, die auf ihn wartete. Bernd seufzte bei dem Gedanken daran. Heinz hatte ihn nochmals in diesem Monat für eine Fahrt nach Liberec eingeteilt, und dann war erst mal Schluss. Auf Abruf, hieß es.

Bernd wollte einfach nur schlafen. Diese scheiß Sauferei. Er war froh, dass er die nächste Woche wieder der Schaltschranksicherung zugeteilt war.
„Alles in Ordnung bei dir?"
Anna klopfte von außen an die Badezimmertür.
„Ja doch, alles okay!", Bernd war genervt.
„Du musst nachher nochmal in den Keller gucken, da stimmt was nicht!", forderte sie ihn auf.
„Ja, ja, das mache ich noch!"
Bernd zog sich aus und stellte sich unter die Dusche.

Moulin hatte nur wenig geschlafen. Simonds Ausführungen hatten ihn noch lange beschäftigt. Für ihn war sofort klar, er war dabei. Er hatte innerlich schon lange mit seiner Arbeit in Marseille abgeschlossen, mit diesen ganzen Eigentumsdelikten und den unzufriedenen Kollegen, die immer sofort wussten, wer dafür verantwortlich war. Der Brexit hatte die Stimmung noch verstärkt, von der auch er sich anfangs hatte mitreißen lassen. Der Front National war so stark wie nie und hatte große Chancen, die Macht in Frankreich zu übernehmen. Dann wird alles anders, so die einhellige Meinung seiner Kollegen.
Moulin wusste, dass ein Zurück zur Nationalstaatlichkeit nicht die Lösung war. Dieses immense Problem der länder-

übergreifenden Kriminalität konnte nicht durch geschlossene Grenzen und Rückkehr zum Nationalismus gelöst werden. Der Denkansatz Simonds hatte ihn wie immer überzeugt. Selbst in den Achtzigern, als die Rote-Armee-Fraktion Angst und Schrecken in Westeuropa verbreitete, waren Grenzen anscheinend kein Thema für diese Terroristen gewesen. Wie sich nach der Wende schmerzlich zeigte, als vereinzelt Untergetauchte hinter dem Eisernen Vorhang über Jahrzehnte ein völlig unbehelligtes Leben hatten führen können und man ihrer nur durch geschredderte Stasiakten habhaft werden konnte, die durch eigens entwickelte Computerprogramme mühsam wiederhergestellt wurden.

Europol war die einzig logische Konsequenz, die einzige Antwort auf neue Bedrohungslagen, die vielleicht gar nicht so neu waren. Dass Simond den GRU oder auch dieses Wachregiment für den Brandanschlag auf ihn selbst und das Attentat in Hallstatt verantwortlich machte, war eigentlich nur die nachvollziehbare Erkenntnis seiner Theorie, dass dieser Zirkel aus dem innersten Kreis des KGB und der Elite der Staatssicherheit heute weltweit seinen Geschäften nachging.

Moulin hatte mittlerweile das Bett verlassen und überlegte, ob er noch kurz Frühsport machen sollte, so wie früher, um sich fit zu machen für den Tag, doch dann bemerkte er das Pochen in seinen Schläfen. Das Bier, die Gespräche, es war gestern ganz schön spät geworden. Er beschloss zu duschen und dann nach unten zum Frühstück zu gehen. Er hatte sich mit Renard und Simond für acht Uhr verabredet.

Brigitte hatte den Frühstückstisch auf der kleinen Terrasse gedeckt, welche mit Frühblühern geschmückt auf den Kanal hinausragte, dessen Wasser fast völlig ruhig in der Sonne glitzernd vorbeifloss. Moulin war der Erste und lehnte sich genüsslich im Stuhl zurück, um sich die ersten Strahlen der Frühlingssonne, die es über die angrenzenden Häuser schafften, ins Gesicht scheinen zu lassen. Erst jetzt bemerkte er, dass die Fassade auf der Stirnseite des Hauses nur aufgemalt war, so täuschend echt war diese Arbeit ausgeführt. Aufmerksam beobachtete er ein Storchenpärchen auf einem der benachbarten Dächer, das mit seinem Klappern anscheinend den neuen Tag begrüßte. Alles war so friedlich, dass er etwas erschrak, als Brigitte mit einem Stoß die Tür zur Terrasse öffnete, die danach noch etwas auspendelte.

Brigitte schien äußerst gut gelaunt, stellte das Tablett mit dem Frühstück auf den Nachbartisch und ging auf Moulin zu.

„Ça va, Moulin, gut geschlafen?"

Sie legte die Hand auf seine Schulter und gab ihm zwei Wangenküsse.

„Renard kommt auch gleich", sagte sie noch, um danach, leise vor sich hin pfeifend, den Tisch zu decken. Dann betraten Simond und Renard, schon in eine angeregte Diskussion vertieft, ebenfalls die Terrasse.

„Ist das nicht ein Wahnsinns Wetter?", freute sich Simond, nachdem beide Moulin begrüßt hatten, und blickte mit dem Gesicht in der Sonne einen kurzen Moment auf den Kanal, auf dem schon das erste Boot mit Touristen vorbeifuhr.

„Also", begann Simond, nachdem er sich zu Moulin und Renard gesetzt und den Kaffee eingeschenkt hatte, „ich habe gerade einen Anruf erhalten, der ‚ELOS' ist in zwei Stunden da."

„Der was?", platzte Moulin heraus.

Simond und Renard mussten grinsen.

„Oh, Entschuldigung", erklärte Simond, „das ist der sogenannte Europol-Liaison Officer, oder auch Verbindungsbeamter für Dienst- und Rechtsaufsicht. Ich habe ihm gestern noch deine Bewerbung gemailt, natürlich nur pro forma."
Simond grinste noch breiter.
„Ich habe fest damit gerechnet, dass du zusagst. Die Mitarbeit von Renard ist vorerst auf eine beratende Tätigkeit beschränkt, wobei ich das Wort ‚vorerst' betonen möchte mit der Hoffnung, dass sich dein Entschluss noch ändert."
Dabei schaute er Renard mit gerunzelter Stirn an, der seinerseits Brigitte anlächelte und Simonds Aussage unkommentiert ließ.
„Ich habe den ‚ELOS' gebeten zu eruieren, inwieweit Nicole und Wehner in das Projekt eingebunden werden können", fuhr er dann fort. „Diesbezügliche Anfragen sind schon über die vorgesetzten Behörden an deren unmittelbare Vorgesetzten gegangen. Ach, übrigens, was noch interessant ist, Nicole hatte ja die Möglichkeit ausgeschlagen, deine Vertretung in Marseille zu übernehmen, Renard. Kurze Zeit später hat sie dann beim BKA angefangen."
„Das passt ja hervorragend!", Moulin war begeistert.
„Richtig, vor allem, weil das BKA den Fall von diesem Erich Eisenhuth übernommen hat. Dieser wurde von seinem ehemaligen Chef angezeigt, und der ist ja für uns auch kein Unbekannter mehr, der Herr Klappblau."
„Exakt", Moulin nickte zustimmend.
„So", Simond überlegte noch kurz, ob er irgendetwas vergessen hatte und nahm dann den Ordner, den er bei seinem Kommen auf den Nachbartisch gelegt hatte, öffnete diesen und holte drei Schriftstücke heraus. Die mehrere Blätter um-

fassenden Exemplare waren mit Büroklammern zusammengeheftet. Er reichte Moulin und Renard jeweils ein Exemplar und fuhr dann fort.
„Nun, das ist mein Analysis Work Files, oder, wenn ihr so wollt, die Focal Points zu unserem Fall. Ich habe schon mal einen Operations Monitor erstellt sowie die Bedrohungs- und Risikoanalyse mit in meinen Ermittlungsentwurf einfließen lassen. Ich habe unseren Fall ‚Aranea' genannt, das bedeutet Webspinne oder Spinnennetz. Und glaubt mir, genau damit haben wir es zu tun."
Simond tippte entschlossen auf den Titel des Exemplars, welches er für sich selbst behalten hatte.
„Ich würde vorschlagen, ihr arbeitet euch kurz in die Materie ein."

„Heute ist ihr Transport."
Erich wollte noch etwas fragen, jedoch verließ der Wärter, nachdem er das Frühstück auf dem Tisch abgestellt hatte, schnell wieder die Zelle.
Erich saß nun schon seit drei Wochen in Wien in Auslieferungshaft. Die Bedingungen waren etwas besser als auf der Postenzelle in Hallstatt, und um Welten besser als sein Versteck in dem dortigen Gletschergarten. Er hatte viel Zeit zum Nachdenken gehabt. Instinktiv hatte er den Anwalt abgelehnt, der noch in Hallstatt aufgeschlagen war. Der war ihm

von seiner ganzen Art sofort vertraut vorgekommen, vor allem was die Art der Fragestellung betraf. Kein Zweifel, der hatte seine Ausbildung bei der gleichen Firma wie er selbst gehabt, tausendprozentig.

Erich wusste, dass er Fehler gemacht hatte, er war nachlässig geworden, zu lange hatte er die Sache mit Ralf schleifen lassen, seinem Kameraden, der diese Bezeichnung nicht verdiente.

Ralf hatte er den ganzen Schlamassel zu verdanken, seinem Hang, abnorme Dinge zu tun. Doch nun hatte dessen Frau Regina dieses Problem für ihn erledigt, jedoch hatte sich durch die polizeiliche Ermittlung gegen Ralf für ihn selbst ein noch viel größeres aufgetan. Erich war sich sicher, seine Entscheidung, sich zu stellen, war genau das Richtige in diesem Moment gewesen, als der Typ vom GRU in Hallstatt auftauchte. Er hatte ihm schon bei ihrer ersten Begegnung nicht über den Weg getraut. Ein Punker mit Leichenwagen, das war schon alles ein wenig zu dick aufgetragen. Doch der Kommandoeinsatz „Katzengold" war ein voller Erfolg gewesen und Ralf und er seitdem Legenden in der Truppe.

Wenn er jedoch an sich herunterschaute, so war sein jetziger Zustand weit von dem einer Legende entfernt.

Seit der Wende war für ihn eigentlich alles kontinuierlich den Bach runtergegangen. Die Arbeit bei Secur war noch das Highlight gewesen nach dem Fall der Mauer, danach sein Ausscheiden aus der Firma. Sein Anteil am Gewinn des Kommandoeinsatzes war mehr als ausreichend für den Rest seines Lebens. Doch dann war sein Versteck in Schraplau aufgeflogen, und, wie zu erwarten, hatte die Firma daraufhin alles sichergestellt. Auch damit konnte er leben, doch was sollte jetzt diese Anzeige?

Wenn einer loyal gewesen ist, dann war er das. Er hatte den Oberst doch nur wegen eines vorübergehenden Engpasses kontaktiert und das Netzwerk war ihm als die sicherste Methode erschienen.

Er musste jetzt die Überführung nach Deutschland abwarten, noch ergab das alles keinen Sinn, noch konnte er sich nicht vorstellen, dass der Oberst ihn zur Eliminierung freigegeben hatte, und vor allem, warum durch den GRU?

Erich aß widerwillig dieses süße Frühstück, welches er nicht mehr sehen konnte. In den letzten Wochen hatte er schon zehn Kilo abgenommen. Die ersten Tage ohne Alkohol waren schwierig gewesen, doch mittlerweile hatte er die Kontrolle über seine Körper zurück.

Doch seine Gedanken ließen sich nicht ordnen. Manchmal war er sich sicher, dass er verstand, weshalb er womöglich in Ungnade gefallen war, doch dann kapierte er wiederum gar nichts mehr, wenn er schweißgebadet nachts aufwachte, nachdem er von vergangenen Zeiten geträumt hatte. Die Kameradschaft, dieser Zusammenhalt, der Schwur, ihre Einsätze, all das hatte sich damals tausendprozentig richtig angefühlt, und er selbst war immer die Zuverlässigkeit in Person gewesen. Doch die Zeiten hatten sich geändert und damit auch die Moral.

Doch gerade diese Gedanken bereiteten Erich die meisten Probleme. Damals war der Moralbegriff staatlich verordnet und der Zweck heiligte die Mittel. Die Diktatur des Proletariats wurde abgelöst von der Diktatur des Geldes. Wie leicht Menschen durch diesen Lockstoff verführbar waren, sah er täglich mit wachsendem Unverständnis. Da mal ein neues Haus, da mal ein neues Auto, dort mal ein Urlaub. Die große, weite Welt. Erich hatte damit nie etwas anfangen können. Er war immer froh gewesen, nach Hause zu kommen, Eisleben und Schraplau, diese Kleinstädte waren und blieben sein Lebensmittelpunkt. Den Rest der Welt brauchte er nicht.

Erich hatte mitbekommen, dass er vom BKA nach Halle überführt werden sollte. Dieses dilettantische Verhalten der Beamten, die einfach nichts für sich behalten konnten, sich sonnten in ihrem Wissen, anscheinend die einzige Abwechslung in ihrem traurigen Alltag, um sich damit wichtig zu machen.

Er hatte diesen Tag herbeigesehnt, der ihm hoffentlich Klarheit bringen würde, was gegen ihn vorlag. Noch konnte er sich nicht vorstellen, dass die Anschuldigungen gegen ihn aufrechterhalten würden, wenn er erst einmal zurück in Deutschland war. Das konnte der Oberst nicht riskieren. Wie eng waren die Verstrickungen eigentlich heute zwischen GRU und seiner alten Firma? War dem Oberst überhaupt bekannt, dass ihn der GRU suchte? Fragen über Fragen, und heute hoffte er, die Antwort zu bekommen.

Das Gefühl, auf der richtigen Seite zu sein, hatte ihn durch sein ganzes Leben getragen, auch wenn die Umstände schwierig waren. Doch jetzt schlich sich Angst in seine Gedanken. Zuerst war es nur so ein diffuses Gefühl von Ohnmacht, doch je länger dieser Zustand andauerte, in dem er sich befand, umso stärker gewann die Angst die Oberhand.

Der Oberst hätte doch die Möglichkeiten, ihn hier rauszuholen, zweifelsfrei. Wenn nicht er, wer dann! Seine exzellenten Verbindungen bis in höchste Kreise der Politik könnte er doch dafür nutzen.

Doch drei Wochen Wartezeit waren mehr als außergewöhnlich. War es doch ein ungeschriebenes Gesetz, einen Kameraden nie länger als unbedingt nötig in solch einer Lage zu lassen.

Erich griff zur Kaffeetasse und stellte mit Erstaunen fest, dass dieser schon kalt war. Er war sich nicht sicher, wie lange er schon so dasaß und grübelte, doch nun fiel ihm auf, dass schon einige Zeit verstrichen sein musste, als der Hausarbeiter in seiner grobmotorischen Routine mit dem Wischfeudel gegen seine Zellentür stieß, als er den Zellentrakt säuberte.

Es war mit ziemlicher Sicherheit elf Uhr. In einer halben Stunde gab es Mittagessen. Erich erschrak, er hatte vier Stunden lang die Wand angestarrt. Zum ersten Mal fühlte Erich sich ausgeliefert, als das Rascheln des Schlüsselbundes ihn aus seiner Lethargie riss. „Endlich!" war der letzte Gedanke, der ihm durch den Kopf schoss, bevor sich die Zellentür öffnete.

„BKA", stellte sich einer der glatzköpfigen Männer vor, „wie überführen sie jetzt nach Deutschland."

„Ja, und wohin genau?" Erich war schlagartig fit, er überlegte kurz, nachdem er die Antwort „Wir sind nicht befugt, ihnen das mitzuteilen" bekam, zu testen, ob es sich wirklich um BKA-Beamte handelte. Worauf sich die anderen drei schlagartig in der Tür positionierten und der Wortführer Handschellen aus einer Gürteltasche holte.

„Nicht schlecht", dachte sich Erich.

„Die würde ich ihnen jetzt gern anlegen. Das geht doch ruhig über die Bühne?", fragte der stämmige Mann und runzelte dabei die Stirn.

„Ja, klar", antwortete Erich, ohne auch nur ansatzweise eine Miene zu verziehen. Er streckte seine Hände nach vorn und blickte seinem Gegenüber fest in die Augen. Kein Zweifel, das ist ein anderes Kaliber als die gewöhnliche Polizei heute, dachte er und ging bereitwillig mit den vier Männern mit, nachdem die Handschellen geklickt hatten.

Moulin starrte noch immer auf seinen Arbeitsvertrag, den der ELOS mit einem Lächeln auf den Tisch gelegt hatte, nachdem er zu der Frühstücksrunde in Colmar gestoßen war. Alle waren noch mit dem Arbeitspapier beschäftigt, welches Simond mitgebracht hatte, als der Mann, der sich als Herr Köhler vorstellte, urplötzlich vor der vereinbarten Zeit erschienen war.
„Also, meine Herren", Köhler zog den Stuhl, auf den er sich gesetzt hatte, noch etwas näher an den Tisch und legte drei Smartphones darauf, die er aus seinem Aktenkoffer nahm, den er zuvor auf seine Oberschenkel gelegt hatte.
„Das sind ihre neuen Diensttelefone, meine Herren, absolut abhörsicher! Ich muss sie bitten, für die Dauer des Einsatzes auf ihre privaten Handys zu verzichten. Bitte schalten sie diese ab und entfernen sie den Akku."
Köhler schaute in die Runde, woraufhin Renard und Moulin dies sofort in Angriff nahmen. Simond erschien in diesem Moment auf der Terrasse.
„Oh, die neuen Handys, super! Ich hatte noch etwas recherchiert, bitte entschuldigen sie meine Verspätung."
„Alles in Ordnung, Kollege, ich bin zu früh, nehmen sie doch Platz."
Simond zog noch einen Stuhl an den Tisch, setzte sich und begutachtete sein neues Smartphone.

„So", Köhler stellte seinen Aktenkoffer neben sich auf den Boden, „Kollege Simond, würden sie bitte auch ihr privates Handy ausschalten."
„Okay, kann ich machen, ist aber ein Prepaid."
„Ich würde es trotzdem begrüßen." Köhler sah in diesem Moment aus, als würde er keine Widerworte akzeptieren, was Simond veranlasste, der Aufforderung sofort nachzukommen.
„Nun, Kollege Simond", begann Köhler, nachdem dieser sein Handy abgeschaltet hatte, „ich habe ihre Fallanalyse studiert, Respekt! Für ihren ersten Fall in unserer Behörde, sehr ausführlich. Ich hätte zum jetzigen Zeitpunkt nichts hinzuzufügen. Ich habe auch bei den zuständigen Dienststellen der Beamten nachgefragt, die sie ebenfalls noch gern in ihrem Team hätten, die Antworten stehen noch aus.
Was diesen Erich Eisenhuth betrifft, da sieht es allerdings gut aus, der wurde vor einigen Tagen nach Halle/Saale überführt. Ich werde veranlassen, dass sie ihn befragen können. Ich sehe das ganz ähnlich wie sie, dieser Mann könnte eine Schlüsselstelle in unserem Fall spielen. Der weiß auf jeden Fall mehr, als er in Österreich preisgegeben hat. Mal sehen, was wir dem anbieten können. Ich würde vorschlagen, sie machen sich morgen auf den Weg nach Halle, meine Herren, alles Weitere klären wir telefonisch."

Bernd stand nun schon wieder seit fast einer halben Stunde in sicherem Abstand vor dem Haus im Paulusviertel. Er hatte aufgehört zu zählen, wie oft er sich schon in diese Situation gebracht hatte. Mittlerweile fuhr er schon automatisch zu dem Parkplatz, von dem aus man diese Gründerzeitvilla perfekt beobachten konnte. Allerdings war auch er leicht auszumachen. Aber entweder hatte ihn Anna bisher wirklich noch nicht entdeckt, oder sie überspielte diesen Zustand der permanenten Überwachung ganz einfach, weil es sie nicht interessierte.

Einige Male war sie direkt an dem rot-grauen Bus vorbeigelaufen. Bernd hatte sich dann weggeduckt mit einem unsagbar schlechten Gewissen. Doch letzte Woche war er ganz einfach sitzengeblieben, aber auch da, keine Reaktion. Er hatte direkt in Annas Augen geschaut, doch die blickte durch ihn hindurch, als wäre er ein Neutrum. Dieser Blick, den sie hatte, als sie an ihm vorbeilief, machte ihn rasend. Kein Zweifel, Anna war verliebt. Sven war zurück. Vielmehr Professor Sven Berger, so stand es auf dem Namensschild.

Dieses arrogante Jüngelchen aus Köln hatte also eine Professur in Halle an der Burg. Bernd fühlte sich ohnmächtig vom ersten Moment an, als er dies erfahren hatte. Er wusste, diesmal hatte er keine Chance. Er konnte es allerdings nicht lassen, jeden Tag darauf zu warten, dass ihn Anna erneut demütigte, oder eigentlich er sich selbst. Aber diesen Gedanken ließ er nicht zu.

Alles hatte er versucht, Anna das Leben zu bieten, welches sie zufrieden machte. Das Haus, die Autos, die Urlaube, und jetzt war dieser Berger zurück. Alles schien jetzt wertlos zu sein. Bernd schlug mehrmals heftig auf das Lenkrad, hielt dann jedoch inne, um nicht den Airbag auszulösen.

Jedes Mal, wenn er hilflos hier saß, dachte er über die letzten fünfundzwanzig Jahre nach. Daran, wie er das erste Mal von seiner Demontagewoche aus Prag zurückgekommen war, dieses schlechte Gewissen Anna gegenüber, welches jedoch, je öfter er bei diesen Wochen dabei war, immer weniger

wurde. Er erinnerte sich noch genau an seine Gedanken, als Anna ihn nach dieser ersten Woche den Keller in ihrem neuen Haus zeigte, wo ein kleiner Riss durch die Fliesen ging, der in den nächsten Wochen immer größer wurde.
Sie waren nicht die Einzigen im Neubaugebiet, die dieses Problem hatten, doch bei ihrem Haus war es am schlimmsten. Schnell war die Baufirma pleite, die Anwaltskosten exorbitant und die schlaflosen Nächte nahmen zu.
Alteingesessene im Ort hatten nur den Kopf geschüttelt, als hier angefangen wurde, zu bauen. Jedes Kind wusste, dass hier Senkungsgebiet war. Circa zwei Kilometer von hier, am Rollsdorfer See, gab es doch diesen spektakulären Erdfall. Niemand aus der Gegend hätte hier ein Haus gekauft. Die Stadtmenschen werden schon sehen, was sie davon haben, scherzte man in der Dorfkneipe, in die sich eh' keiner von den Neubürgern verirrte.
Bernd hatte es immer mehr in den Strudel der Neuverschuldung gezogen, an dem auch seine Ausflüge nach Liberec nicht wirklich etwas änderten. Er hatte es sich aus Scham zur Aufgabe gemacht, diese Probleme völlig von Anna fernzuhalten. Sein Wechsel zu Secur innerhalb der Firma brachte etwas Erleichterung, er war zum Gebietsleiter aufgestiegen, hatte in Aktien investiert von diesem Telekommunikationskonzern, der täglich Zuwächse versprach und für den sie jahrelang als Subunternehmer gearbeitet hatten.
Dann kam der Börsencrash. Alles Geld war weg, und eigentlich wäre es am vernünftigsten gewesen, das Haus abzureißen und irgendwo anders ein neues zu kaufen. Die Kosten wären aufs Gleiche hinausgelaufen. Und auch Heinz blockte nur noch ab, das einzige Geld, was Bernd nach seiner Gehaltspfändung noch blieb, waren seine Kurierdienste, die

Heinz auch nicht mehr so hoch honorierte. Nach dem Wegfall der Grenzkontrollen nach Tschechien war auch das Risiko fast nicht mehr vorhanden.

Und ausgerechnet jetzt orientierte sich Anna ernsthaft neu, und das Haus sollte nun auch zwangsversteigert werden. Ihr Sohn Fritz war schon lange ausgezogen und studierte in Leipzig. Bernd fühlte sich wie von der Tarantel gestochen, als er diesen Berger zusammen mit Anna gesehen hatte. Fritz war ihm wie aus dem Gesicht geschnitten.

Gestern hatte Bernd mit seinem privaten Wagen einen ihrer Geldtransporter beobachtet. Er bekam diesen Gedanken nicht mehr aus dem Kopf. Er musste noch mal mit Heinz reden. Der konnte ihn ganz einfach nicht so hängen lassen, andernfalls würde er etwas unternehmen müssen.

Seine Recherche war schon recht weit fortgeschritten. Manchmal staunte Bernd über sich selbst, wie unvorsichtig er bei seinen Erkundungen der Transportzyklen war. Die Anzahl der benötigten Transportkisten pro Tag bei den verschiedenen Objekten sagte einiges aus über die mutmaßliche Beute. Er hätte auch ganz einfach im Firmencomputer nachsehen können, in seiner Position kein Problem. Er hatte Zugriff auf alle relevanten Daten. Allerdings würde, wenn jemand die Zugangsdaten kontrollierte, sofort die Frage aufkommen, was er in diesem Bereich der Geldtransporte zu suchen hatte, und alles könnte auffliegen.

Bernd fühlte sich wie in Trance. Anna hatte nun offiziell gesagt, dass sie ausziehen wird. Er hatte sie angefleht, hatte sich zum Obst gemacht, so bezeichnete er früher immer Männer, die Frauen nachstiegen, wenn ihre Beziehungen zu Ende waren. Anna hatte kurz erwidert: „Mach dich doch

nicht lächerlich. Ich habe keine Lust, irgendwann auf der Straße zu stehen, du Versager."
Dieses Wort hatte ihn wie ein Faustschlag mitten ins Gesicht getroffen. Sie hatte ihn für einen Moment ausgeknockt, er fühlte sich abgrundtief gedemütigt.
„Du änderst auch nichts daran, wenn du mir ständig nachspionierst", hatte sie noch nachgelegt und war verschwunden. Bernd war kurz davor, die Einrichtung kurz und klein zu schlagen, konnte sich aber im letzten Moment beherrschen und stellte den Stuhl wieder hin. Er versuchte, das Chaos in seinem Kopf zu ordnen. In dem wirren Durcheinander kristallisierten sich zwei Ideen immer mehr heraus. Heinz musste ihn für seine Dienste bezahlen, angemessen, auch für sein Schweigen. Dieses Gelaber von Kameradschaft, wie früher, hier bei uns hilft man sich, wenn ein Kamerad in Not ist. Bernd konnte dieses antiquierte K-Wort nicht mehr hören. Dieses Gequatsche von Zusammenhalt und so weiter. Alles nur warme Luft. Er hatte Heinz fast angefleht, ihm zu helfen. Der hatte nur mit dem Kopf geschüttelt.
„Bring dein Leben in Ordnung, Bernd", hatte er mit seinem automatisierten Gutmenschenblick und dem obligatorischen Handauflegen auf Bernds Schulter gesagt, „diese Frau passt nicht zu dir. Mit der wird sich nichts ändern."
Bernd hätte Heinz am liebsten eine reingehauen. Er hatte in der letzten Zeit extrem viel Sport gemacht, um seine Aggressionen in den Griff zu bekommen. Auch seine Gewichtsprobleme waren zu einem Teil dahingeschmolzen. Alles, was er jahrelang ergebnislos versucht hatte, das schaffte dieser Stress wie von selbst. Bernd fühlte sich wie eine scharfe Handgranate, der man nur den Sicherungssplint entfernen

musste, um eine Explosion herbeizuführen. Und Heinz zog an diesem Splint, immer und immer wieder.
Heinz war in seiner Villa auf Ibiza, noch zwei Wochen lang. Bernd wusste genau, was der dort machte, welches Geschäft er dort kontrollierte. Allein dieses Wissen, seine Kurierfahrten und die Demontagewochen, das müsste Heinz schon einiges wert sein. Er überlegte, ob es besser wäre, sich gleich bei seiner Firma Secur das zu holen, was ihm zustand. Bernd hatte durch seine Observationen schon genügend Einblick, wann das meiste Geld in den Transportern war, aber insgeheim hoffte er, dass Heinz einlenkte.

„Hände aufs Lenkrad und langsam aussteigen!"
Bernd hörte diesen Satz nun schon einige Male wie durch einen Filter, bevor er sich entschloss, die Augen zu öffnen, was ihm jedoch nicht gelang. Er hatte in der letzten Zeit häufiger Albträume, doch dieser war schon seltsam. Er fühlte sich wach und dennoch ging der Traum weiter. Sein Kopf fühlte sich an, als wolle er zerbersten, sein Mund war völlig ausgetrocknet und er musste dringend pinkeln.
Er versuchte sich aufzurichten, und plötzlich war dieses alles durchdringende Geräusch weg. Was war hier verdammt noch mal los?
Er wollte die Augen öffnen, die sich jedoch weigerten, dem Befehl nachzukommen, als wären sie zugeklebt. Bernd hob die rechte Hand, um sich die Augenlider zu wischen, als er wiederum die befehlende Stimme vernahm.
„Hände aufs Lenkrad und langsam aussteigen!", diesmal erheblich deutlicher, nachdem dieser unangenehme Dauerton verschwunden war. Es gelang ihm, das rechte Auge zu öffnen, nachdem er trotzdem mehrfach darübergewischt hatte.

Was war das denn? Er wischte sich das zweite Auge und blickte sich danach um. Das war doch ein Lenkrad, auf dem sein Kopf gelegen hatte! Er schaute nach rechts. Das war auch sein Wagen, in dem er saß!
„Die Hände aufs Lenkrad!"
Er vernahm den Satz nun deutlich, der Schleier war gewichen. Jemand klopfte an die Scheibe. Bernd drehte den Kopf nach links und blickte in die Mündung einer Waffe. Der, der die Waffe hielt und auf ihn zielte, war ein uniformierter Polizist.
Scheiße, was war denn hier los? Bernds Gehirn versuchte unter erheblichen Schmerzen, seine Arbeit aufzunehmen, doch er konnte sich an nichts erinnern.
„Legen sie ihre Hände aufs Lenkrad!"
Diesmal war der Satz so eindringlich und real, dass Bernd automatisch das tat, wozu er aufgefordert wurde. Er sah dem Polizisten genau in die Augen, als ein zweiter, ebenfalls mit der Waffe auf ihn gerichtet, vom hinteren Teil des Wagens nach vorn kam und die Fahrertür langsam öffnete.
„So, nun steigen wir mal ganz langsam aus und legen die Hände aufs Dach!"
Die Augen des Polizisten sahen konzentriert und angespannt aus. Bernd lief ein Schauer den Rücken herunter und er bekam Gänsehaut. Sein Gehirn versuchte wiederholt herauszufinden, was passiert war, erneut ergebnislos. Er versuchte, sein linkes Bein anzuziehen, um es aus dem Auto herauszusetzen, was seine Waden und die Oberschenkelmuskulatur mit einem stechenden Schmerz quittierten. Bernd hielt kurz inne, was den Polizeibeamten veranlasste, mit einem bestimmten: „Wird's bald!" seiner Aufforderung Nachdruck zu verleihen.

Bernd nahm seine ganze Kraft zusammen und stieg aus. Nachdem ihm das gelungen war, wurde ihm plötzlich schwindelig und er schaffte es geradeso, sich mit den Händen auf dem Autodach abzustützen. Der zweite Polizist schob ihm mit seinen Füßen die Beine auseinander und verschaffte Bernd dadurch einen stabilen Stand, was in ihm ein merkwürdiges Gefühl von Dankbarkeit hervorrief. Allerdings verflog dieses Gefühl ganz schnell wieder, als der Bulle ihn von unten nach oben abtastete und dabei unsanft seinen Genitalbereich berührte. Nun hatte sich der letzte Bereich, der ihm bis dato noch nicht weh tat, dem Rest seines Körpers angeglichen.

Der Polizist drehte Bernd die Hände auf den Rücken und legte ihm Handschellen an. Dabei kam er ihm sehr nah, was in Bernd ein nachhaltiges Unbehagen erzeugte. Zum ersten Mal blickte er sich um und ihm wurde klar, dass dieses Gefühl nicht sein größtes Problem war.

Bernd stand neben seinem Wagen direkt vor der Filiale seiner Bank. An dem Abschlepphaken an der Autofront war ein stabiles Stahlseil befestigt, welches am anderen Ende um einen Bankautomaten geschlungen war, der zur Hälfte aus seiner Verankerung herausgerissen worden war. Die automatische Tür der Filiale war mit einem Keil verriegelt, so dass sie nicht schließen konnte. Hinter ihm stand eine Straßenbahn und dahinter flatterte Absperrband, wo eine kleine Menschenansammlung versuchte, einen Blick auf das Geschehen zu erhaschen.

Bernd schaute in die andere Richtung. Er befand sich mitten auf dem Rathausplatz mit seiner Kirche und dem Roten Turm. Er sah auf die Turmuhr, als die Glocken die bekannte

Händelmelodie erklingen ließen. Es war sechs Uhr morgens. Die Sonne ging gerade auf.
Der Polizist hinter ihm griff Bernds Handgelenke oberhalb der Handschellen und zog diese mit einem leichten Ruck nach oben, was Bernd, durch den stechenden Schmerz in seinen Schultern, dazu veranlasste, sich nach vorn zu beugen und loszulaufen. Umso unverständlicher fand er die gleichzeitige Äußerung des Polizisten im Befehlston: „Auf geht's!"
Bernd fühlte sich wie ein Pferd, das durch gekonntes Dirigieren der Zügel in seinen Transportanhänger, in seinem Fall eine grüne Minna, geleitet werden sollte. Ihm wurde schlecht und er musste sich übergeben. Das, was ihm da schwallartig durch den Kopf ging, hatte einen äußerst unangenehmen Geruch und spritzte, als es auf dem Boden landete, in alle Richtungen, was den Polizisten hinter ihm veranlasste, ihn kurz loszulassen und zur Seite zu springen. Auch der zweite Polizeibeamte, der seine Waffe die ganze Zeit auf ihn gerichtet hatte und nun neben ihm auf den Streifenwagen zulief, nahm sofort einen Sicherheitsabstand ein: „Scheiße, auch das noch!"
Der Polizist, der ihn kurz losgelassen hatte, korrigierte seinen aus Reflex begangenen Fehler, indem er sich erneut die Handschellen griff und Bernds Arme vehement nach oben riss, als hätte dieser versucht, sich zu befreien.
„Was soll denn das, du Arschloch!"
Bernd hatte fürchterliche Schmerzen, die ihn zu dem ersten Satz an diesem unglücklichen Morgen nötigten. Der Polizist ließ seinen Griff wieder etwas lockerer und Bernd spuckte noch mehrmals vor sich, um diesen säuerlichen Geschmack in seinem Mund loszuwerden.

„Ich brauche einen Schluck Wasser!"
Bernd war wütend und schaute den Polizisten neben sich mit gerunzelter Stirn an.
„Wir sind doch kein Getränkehandel. Und kotz uns nicht das Auto voll!"
Der Beamte hinter ihm zog die Zügel erneut an.
„Was seid ihr denn für Idioten!"
Bernd blieb stehen, er spannte all seine Muskeln an, das Blut in seinen Adern pulsierte und er merkte, wie es sich in seinem Kopf staute und seine Muskeln zu schmerzen begannen. Sein Überlebensreflex, den er noch zu gut aus seiner Ringerkarriere kannte, war aktiviert. Okay, deine Hände sind gefesselt, schoss es ihm durch den Kopf, wie kannst du dich aus dieser Lage befreien?
Er hatte noch keine Antwort auf seine Frage gefunden, als er einen stechenden Schmerz in der Lebergegend verspürte. Er sah noch, wie der Bulle neben ihm den Schlagstock wieder an seinem Gürtel befestigte, und brach zusammen, um mit dem Bauch in einem Teil des Erbrochenen zu landen.
„Verdammt, auch das noch!", fluchte der Polizist, der immer noch seine Handschellen hielt und fast auf Bernd gestolpert wäre.
„Was wollt ihr eigentlich von mir?", fragte Bernd und drehte seinen Kopf seitwärts zu dem Mann, der ihm den Leberhaken verpasst hatte.
„Willst du uns verarschen?", sagte dieser schroff, „jetzt steh endlich auf und benimm dich!"
Bernd gab seinen Widerstand auf und ließ sich ins Auto setzen.

„Scheiße, stinkt der!", rief angewidert der zweite Polizist, als er ebenfalls im Auto Platz nahm, nachdem er Bernd angeschnallt hatte, „mach mal das Fenster runter."
Der Wagen setzte sich in Bewegung und Bernd bekam wohltuend einen Schwall frischer Luft ins Gesicht. Er drehte sich noch einmal um und betrachtete das Szenario, welches sich da rund um sein Auto abspielte. Männer in weißen Schutzanzügen stellten Kärtchen an verschiedenen Stellen rund um den beschädigten Geldautomaten auf und fotografierten diese oder nahmen Fingerabdrücke. Ein anderer hatte eine Leiter aufgestellt und hantierte an der Überwachungskamera. Was war da bloß passiert?
Die letzten Stunden in seinem Leben fehlten vollständig. Bernd merkte, wie seine Kopfschmerzen immer stärker wurden. Er benötigte dringend seine Blutdrucktabletten, aber er unterließ es, danach zu fragen. Er brauchte Zeit, um seine Gedanken zu ordnen.
War er nicht mit Heinz gestern ein Bier trinken gewesen, oder war das schon vorgestern? Er hatte Heinz nochmals mit seinen Geldproblemen konfrontiert, doch der hatte abgelehnt, ihm zu helfen, und war gegangen. Kurz danach ist er müde geworden und ebenfalls aufgebrochen. Diese scheiß Betablocker, aber ohne ging es nicht mehr. Er musste dringend noch mehr abnehmen und sich mehr bewegen, das war ihm alles wieder klar und bewusst. Doch die letzte Nacht, keine Ahnung.
Er betrachtete die erwachende Stadt, die an ihm vorüberglitt. Er vermisste das Leben im Zentrum. Der größte Teil der Häuser war mittlerweile saniert, doch einige Straßenzüge sahen immer noch fast so aus wie früher. Wäre er doch nicht auf diese unsägliche Idee gekommen, in diesem Dorf ein

Haus für sich und Anna zu kaufen. Anna! Was würde sie zu dieser Situation sagen, in der er sich gerade befand? Wahrscheinlich gar nichts. Es würde sie nicht interessieren, auch dieser Teil seiner Erinnerung war zurück. Aber wie war der Bankomat an dieses Seil und das Seil an sein Auto gekommen?

Der Wagen war inzwischen an der Wache angelangt. Ein absurdes Gefühl von Unzufriedenheit kam in Bernd auf. Er hätte ewig so weiterfahren können. An jedem Haus, an dem sie vorbeigefahren waren, fielen ihm Geschichten ein, aus seiner Kindheit, Jugend und auch Geschichten aus der vermeintlich glücklichen Zeit mit Anna. Doch die letzte Nacht war und blieb ein großes schwarzes Loch. Als der Wagen stoppte, tat es sich bedrohlich auf. Bernd bekam auf einmal Angst, davon verschluckt zu werden.

Der Gang in das Revier befeuerte erneut Bernds Muskelkater. Er wusste nicht, wie oft er zu DDR-Zeiten an diesem düsteren Gebäude vorbeigelaufen war, als es das einzige Haus in der Straße war, welches neue Fenster und Türen bekommen hatte und der Putz nach sozialistischer Sanierungspolitik erneuert wurde, indem man den Stuck der Gründerzeitvilla einfach abschlug und ihn durch grauen Reibeputz erneuerte. Das Dach war mit gelben Biberschwanzziegeln eingedeckt, auch so ein DDR-Kuriosum aus der Zeit, als dem Mangelregime die rote Farbe ausgegangen war, um den Ton zu färben und keine Devisen vorhanden waren, um diese im westlichen Ausland einzukaufen. Diesem tristen Verschönerungsversuch setzten die Gitter vor den Fenstern die antigeschmackliche Krone auf. Wenn man versuchen sollte, ein Haus so zu verunstalten, damit es einen in dem depressiven Gefühl, in ein schwarzes Loch zu fallen, unterstützte, so war man dem hier schon ziemlich nahegekommen.

Bernd hatte es aufgegeben, sich zu beschweren, als dieser Typ schon wieder an seinen Handschellen riss. Er war einfach nur froh, als er endlich in diesem spärlich eingerichteten Raum saß, auf einem einigermaßen bequemen Stuhl, an einem Tisch, vor sich ein Glas Wasser. Der grobmotorische Polizist nahm endlich seine Handschellen ab und positionierte sich vor der Tür, bis er kurz darauf von einem anderen uniformierten Kollegen abgelöst wurde, dem er flüsternd Informationen zukommen ließ, bevor er den Raum verließ.

Bernd nahm das Glas und leerte es in einem Zug. Er hatte ganz vergessen, wie gut Wasser schmeckt, in diesem Moment war er sicher, er hatte noch nie so ein gutes Wasser getrunken.

„Kann ich noch ein Glas haben?"

Er drehte sich um und schaute den Wächter vor der Tür fragend an.

„Kleinen Moment, kommt gleich jemand", erwiderte dieser nur kurz und versuchte, den Augenkontakt zu vermeiden.

Bernd blickte sich um. Der Raum war mit einer Stofftapete tapeziert, linker Hand war eine Fensterscheibe, durch die man nicht hindurchsehen konnte. Wie in den Fernsehkrimis, dachte er sich, wer weiß, wer da dahinter sitzt. Er schaute sich weiter um. Die Fenster waren vergittert und die Tür nur von außen durch einen Summer zu öffnen, von innen konnte er keine Klinke entdecken. Der Versuch abzuhauen war zwecklos, soviel war klar. Aber wohin sollte er auch, sein Haus sollte zwangsversteigert werden.

Bernd hielt inne. Scheiße, habe ich wirklich versucht, den Geldtransporter zu überfallen? Die Erinnerung an seine missliche finanzielle Situation war nun auch wieder präsent, aber an einen Banküberfall hatte er niemals gedacht, und schon gar nicht an so eine dilettantische Idee, einen Geldautomaten zu knacken. Ihm fiel ein, wie unvorsichtig er die Geldtransporte seiner eigenen Firma beobachtet hatte. Aber nein, das hier war er nicht gewesen, das war unmöglich.

Er hatte sich mit Heinz in dem Café getroffen, in dem der ihn damals angesprochen hatte, vor so unglaublich langer Zeit, als er erfahren hatte, dass Anna schwanger war. Es war der Vorschlag von Heinz gewesen, dorthin zu gehen. Auch damals hatte er in Schwierigkeiten mit diesem Kunststudenten gesteckt, und Heinz hatte das unaufgefordert für ihn geklärt.

Hatte er ihm jetzt nochmals Hilfe zugesagt? Bernd wusste es nicht mehr. Wieviel hatte er denn überhaupt getrunken, gestern Abend? Das war doch gestern, oder? Das Chaos war zurück, nach einem kurzen Moment der Klarheit ging in seinem Kopf wieder alles drunter und drüber.

Der Summer der Tür riss ihn aus seiner Gedankenflut, als ein Mann mit weißem Kittel sowie ein zweiter in ziviler Kleidung den Raum betraten.

„Hauptkommissar Schmücker", stellte sich der zivile Beamte vor, er zog den Stuhl auf der anderen Tischseite hervor, so dass dieser auf dem polierten Steinboden ein unangenehmes Quietschen verursachte, welches Bernd erneut einen stechenden Schmerz in seinem Kopf bescherte. Schmücker setzte sich, legte ein Diktiergerät auf den Tisch und drückte den Aufnahmeknopf.

„Herr Hausmann!"

Bernd schaute sein Gegenüber erstaunt an. Klar, der Polizist hatte sein Portemonnaie an sich genommen, als er ihn durchsucht hatte. Logisch. Instinktiv griff er in die Innentasche seiner Jacke, um danach in den Außentaschen weiterzusuchen.
„Haben sie meine Sachen?"
Bernd blickte Schmücker fragend an.
„Sicher, Herr Hausmann", antwortete dieser. „Aber selbst, wenn die weg wären, dann wäre das ihr geringstes Problem. Was ist ihnen da eigentlich eingefallen?"
„Was heißt denn das?", Bernd wurde unruhig. „Wie eingefallen, mit dem Scheiß da an der Bank habe ich nichts zu tun!"
„Ja, klar, alles reiner Zufall. Da hat ihnen jemand einen Bankautomaten an ihren Wagen gebunden, als sie zufällig auf dem Marktplatz geparkt und ihren Rausch ausgeschlafen haben."
„Genau, so muss es gewesen sein."
Bernd hatte den Satz noch nicht zu Ende gesprochen, als ihm das Blut in den Kopf schoss, der urplötzlich heiß wurde. Er wusste in diesem Moment, dass er einen knallroten Kopf bekam und konnte nichts dagegen tun. Dieses Gefühl hatte er das letzte Mal als Kind erlebt, als sein Vater ihn beim Lügen ertappte und ihn mit seinem unangenehm strengen Blick anschaute.
Bernd wusste, er hatte nicht gelogen, aber was er da von sich gab, war auch in seinem Zustand für ihn selbst peinlich. Es war eher ein Gefühl von Scham, hatte er wirklich so die Kontrolle verloren? Kaum vorstellbar.
Bernd hatte früher auch ab und zu einen getrunken, aber einen Blackout hatte er nie gehabt. Für einen kurzen Moment

kam Bernd die Idee, Schmücker ganz einfach zu erklären, dass er vorgehabt hatte, seinen Chef zu erpressen oder dessen Geldtransporter zu überfallen, dann müsste dieser Kommissar doch einsehen, dass die Situation, in der man ihn aufgefunden hatte, nicht logisch war.
Bernd erschrak, er war hilflos und ihm war zum Heulen zumute. Er sah Schmücker an.
„Ich war das nicht, bitte glauben sie mir."
Dieser blickte Bernd einen Moment direkt in die Augen.
„Gut, Herr Hausmann, der Doktor nimmt ihnen erstmal Blut ab. Dann sehen wir weiter."

„Fröhlich, Doktor Fröhlich mein Name. So, nun machen sie mal ihren linken Arm frei. Es liegt eine richterliche Anordnung vor, die es mir erlaubt, ihnen Blut abzunehmen, notfalls auch gegen ihren Willen, Herr Hausmann. Wollen wir versuchen, das vernünftig über die Bühne zu bekommen?"
Bernd überlegte kurz und nickte dann zustimmend. Als er seine Jacke ausziehen wollte, bemerkte er das schon fast eingetrocknete Erbrochene an dieser. Er schämte sich für den jämmerlichen Zustand, in dem er sich befand. Er hatte die Kontrolle über sich komplett verloren und wie zur Bestätigung dieses Umstandes stellte er fest, dass seine Hose feucht war und langsam kalt wurde. Er erinnerte sich dunkel, dass er bei seiner Festnahme dringend pinkeln musste, und sprang erschrocken vom Stuhl hoch, um seine Lage mit einem leisen „Scheiße!" zu kommentieren.
„Alles halb so schlimm, Herr Hausmann."
Doktor Fröhlich hatte entdeckt, was Bernd gerade beschäftigte.

„Ich kümmere mich darum, dass sie neue Sachen bekommen und duschen können, aber lassen sie mich kurz die Blutentnahme durchführen."
Bernd zog seine Jacke aus, legte sie neben sich auf den Boden und schob den Ärmel seines T-Shirts nach oben, so dass der Arzt den Stauschlauch anlegen konnte.
„Sie sind Sportler, Herr Hausmann", sagte Doktor Fröhlich beeindruckt von dem Bizeps, der zum Vorschein kam und nun den starken Nacken komplettierte.
„Lassen sie mich raten, Boxer? Habe ich recht?"
Der Arzt hatte die Butterflynadel in die Ader gesteckt und schon zum zweiten Mal das Röhrchen gewechselt, welches er dann in eine mitgebrachte tragbare Halterung steckte.
„Nein", erwiderte Bernd, „ich war mal Sportler, Ringer!"
Er spürte, wie ihm eine Träne über die Wange lief. Er wischte sie mit der Hand weg und schaute an die Decke.

„Irgendwie erinnert mich das an Marseille, besser gesagt, an die Vororte."
Simond hatte den Blinker gesetzt und eben noch einen kurzen Blick auf die Pferderennbahn geworfen, die rechter Hand wie ein Bollwerk der Geschichte auf der grünen Wiese stand. Der Blick auf die andere Seite war nahezu austauschbar, Marseille, Paris, Chamonix, jede dieser Städte könnte hier beginnen, wären da nicht die regionaltypischen Landschaften, die das Gehirn sensibilisierten und klar die Alleinstellungsmerkmale hervorhoben, die jede Gegend charakteristisch machte.
„Wir sind hier in unbewohnbarem Gebiet", fuhr er fort. „Eine Umweltstudie hat das mal festgestellt. In den achtziger Jahren hatte die Region von Leuna, Buna und Bitterfeld

einen Verschmutzungsgrad erreicht, der sich mit einem gesunden Leben nicht vereinbaren ließ. Das war damals eine Gruppe der Umweltbibliothek, die unter Gefahr für Leib und Leben Bodenproben und Luftanalysen durchführte. An der Saale, die wir gleich überqueren, hatten die auch Wasserproben genommen. Erst haben wir bei den Grünen gedacht, die wollen uns verarschen, du hättest quasi das Abwasser einer Waschmaschine nehmen können und dieses zusätzlich mit rund zweihundert toxischen Stoffen versetzen müssen, um eine dermaßen verseuchte Probe zu erhalten. Wenn man sich jetzt hier umschaut, kaum noch vorstellbar."
„Ja, die Erde wäre ohne uns Menschen besser dran", sagte Moulin.
Simond schaute seinen Kollegen für einen kurzen Moment erstaunt an.
„Wie wahr, wie wahr."
Kaum waren sie auf die vierspurige Straße, die Halle-Neustadt mit Halle verband, eingebogen, standen sie auch schon im Stau.
„Na prima!"
Moulin war genervt.
„Wir müssen hier sowieso gleich wieder runter, zumindest sagt das das Navi", versuchte Simond, die Situation schönzureden, und ließ, als sie an der erhöhten Position auf der Saalebrücke zum Stehen kamen, seinen Blick über die Altstadt schweifen, der sich hier erstmals auftat.
„Schau mal, die fünf Türme da drüben, das sieht schon etwas besser aus", versuchte er Moulin abzulenken.
Dieser nickte zustimmend.
„Ich habe gestern noch mal im Internet recherchiert, es soll hier einen richtig schönen Altstadtkern geben."

„Ich hoffe, du hast das über einen sicheren Account getan oder zumindest anonym?", fragte Simond und runzelte die Stirn.

„Natürlich, was denkst du denn."

Sie betrachteten weiter die Silhouette der Stadt, als ein alter VW-Bus, der mit Graffitis besprüht war, auf der Spur neben ihnen zum Stehen kam. Aus dem offen Beifahrerfenster kam die Hand einer jungen Frau mit Piercings und Rastazöpfen zum Vorschein. Sie trommelte zum Takt der Musik auf die Außenseite der Tür und blickte herabschätzend auf Simonds Porsche, als dieser sie direkt ansah, wendete sie demonstrativ ihren Blick ab.

Moulin neben ihm musste lachen.

„Die sieht aus wie deine Tochter, früher zumindest, und möchte jetzt mit Papa nichts mehr zu tun haben."

Simond fand das für einen Moment lang überhaupt nicht witzig, musste dann aber ebenfalls schmunzeln.

„Ach, weißt du, Moulin, das ist das Privileg der Jugend, ignorant zu sein und nach Äußerlichkeiten zu urteilen. Irgendwann verwächst sich das. Sollte es zumindest! Du siehst ja an mir, dass das manchmal auch etwas länger dauern kann. Aber spätestens, wenn du nicht mehr als Teil der Szene wahrgenommen wirst, merkst du erst richtig, wie oberflächlich die meisten Leute unterwegs sind. Gruppenzwang halt."

Moulin lächelte.

„Ich finde, du hast dich überhaupt nicht verändert, Simond. Du bist jetzt halt anders konsequent."

Simond überlegte einen Augenblick und schloss dann mit einem kurzen „Danke!" das Gespräch ab. Der Bulli neben ihnen setzte sich mit einer großen Rauchwolke in Bewegung und die Musik, die durch das offene Fenster drang, wurde im allgemeinen Verkehrslärm immer schwächer, um etwas später vollends in der Geräuschkulisse der Großstadt unterzugehen.

„Die hätte es so auch in den Siebzigern geben können", sinnierte Simond noch etwas vor sich hin. „Ich finde, es ist an der Zeit, dass die Jugend mal wieder was völlig Neues macht. Alles scheint sich ständig zu wiederholen."

Endlich setzten sich auch die Autos in der Abbiegerspur in Bewegung.

„Noch fünfzehn Minuten, sagt das Navi", konstatierte Simond.

„Wie heißt das Café, in dem wir uns mit Nicole treffen wollen?", fragte Moulin.

„Kaffeescheune", antwortete Simond.

„Aha", Moulin nickte zustimmend, „und der Wehner wird dort auch hinkommen?"

„Ja, so stand es gestern in der Mail von Köhler", bestätigte Simond.

„Von diesem Café aus bis zum ‚Roten Ochsen', so heißt das Gefängnis in der Innenstadt, können wir zu Fuß gehen. Der Termin zur Befragung von Erich Lehmann ist auf vierzehn Uhr angesetzt. Nicole ist für das BKA anwesend und wird für uns übersetzen. Alles wie gehabt, nur unter anderen Vorzeichen", freute sich Simond.

„Interessant wird das Zusammentreffen mit Wehner, der kennt diesen Erich noch als Kind, als dieser meistens die Ferien bei seiner Oma in Schraplau verbracht hat."

„Ja, das denke ich auch", Moulin nickte zufrieden.

„Irgendwie schön, dass die alte Truppe wieder zusammen ermittelt."

Bernd hatte die Nacht in der Zelle verbracht. An Schlaf war nicht zu denken gewesen. Er fühlte sich aufgewühlt und gleichzeitig total kaputt. Jedesmal, wenn ihm die Augen vor Erschöpfung zugefallen waren, schreckte er kurze Zeit später wieder auf. Er hatte Angst. Angst davor, in einer vielleicht noch prekäreren Situation wieder aufzuwachen. Dieser absurde Gedanke ließ ihn genauso wenig schlafen wie seine fehlende Erinnerung.

Er hatte das Gefühl, die ganze Geschichte nur geträumt zu haben, diese surreale Situation gepaart mit seinem körperlichen Befinden. Ihm tat jeder Knochen weh und gleichzeitig empfand er eine unerträgliche Unruhe, die mit Schweißausbrüchen und ständigem Juckreiz einherging.

Bernd war dem Doktor dankbar, dass der ihn für nicht vernehmungsfähig erklärt und dafür gesorgt hatte, dass er duschen konnte. Auch dieser Anstaltstrainingsanzug war ihm angenehmer als seine mit Erbrochenem und Urin beschmutzten Sachen, obwohl er den Juckreiz noch verstärkte, da er sehr rau und kratzig war.

Er hatte nicht gefrühstückt. Er verspürte überhaupt kein Hungergefühl, aber dafür Durst wie die sogenannte Bergziege. Er trommelte mit den Fingern auf dem Tisch und sah sich seine Zelle an. Gemütlich war anders. Bernd konnte sich nicht daran erinnern, jemals in einem Raum gefrühstückt zu haben, in dem sich auch die Toilette befand. Die war zwar durch einen Sichtschutz getrennt, machte sich aber dennoch durch einen unangenehmen Geruch permanent bemerkbar, der bestimmt auch bei einem zu erwartenden Gewöhnungseffekt sich nicht ganz ignorieren ließe.

Bernd konnte dem Gestank trotzdem etwas Positives abgewinnen, seine Sinne funktionierten anscheinend wieder einigermaßen. Dieser Zustand der völligen Leere in seinem Kopf war vorüber. Ihm war wieder bewusst, was vorgestern passiert war.
Er war mit Heinz ein Bier trinken gegangen und hatte ihn klar unter Druck gesetzt. Er wollte das Geld, welches ihm seiner Meinung nach zustand. Was hatte dieser Typ alles eingestrichen für Leistungen, die gar nicht erbracht worden waren. Nun gut, Bernd hatte stillschweigend ebenso von den Demontagewochen profitiert, von denen er immer total kaputt nach Hause gekommen war, aber trotzdem.
Bernd hatte Heinz seine Vorstellung ohne Umschweife klargemacht, vierzigtausend Euro, die brauchte er, um aus dem Gröbsten raus zu sein. Insgeheim hoffte er, dass Anna, wenn alles mit dem Haus geklärt wäre, doch bei ihm bleiben würde. Zwei Bier hatte er gebraucht, um sich das zu trauen.
Dann war er zur Toilette gegangen, und als er zurückkam, stand schon ein neues Bier für ihn bereit. Heinz hatte ihm wider Erwarten freundlich auf die Schulter getippt.
„Ich denke darüber nach", hatte er nur gesagt, „morgen gebe ich dir Bescheid. Ich habe jetzt noch einen Termin. Bezahlt ist schon."
Dann war er verschwunden. Bernd konnte sich noch daran erinnern, dass er ausgetrunken hatte und ebenfalls aufbrechen wollte. Oder doch nicht? Nein, er ist gegangen, aber irgendwie fühlte es sich merkwürdig an, und dann war da wieder dieses Loch. Doch zumindest bis dahin war wieder Klarheit in seinem Kopf.
Er würde Heinz anrufen. Der musste ihm jetzt helfen.
Bernd stand auf und klopfte an die Zellentür.

Wehner zupfte nochmal an seinem neuen karierten Jackett und kontrollierte, indem er seinen Kopf hin und her wendete, ob die Rasur seines Schädels perfekt war, als sich plötzlich eine Wolke vor die Sonne schob und die spiegelnde Wirkung der Schaufensterscheibe, vor der er stand, aufhob. Er war in den letzten Jahren seines Lebens selten so aufgeregt gewesen wie heute.

Alle Vorzeichen hatten auf einen gemütlichen Übergang in den Ruhestand gedeutet, bevor diese Anfrage von Europol gekommen war. Brandstätter, sein junger Chef aus dem Westen, der, obwohl dies eigentlich Wehner zugestanden hätte, die Leitung der Wache übernommen hatte, hatte dieses Fax in den Händen gehalten und geschätzte fünf Minuten lang den Mund nicht mehr zubekommen.

Wehner hatte es sich nicht einfach gemacht, hatte mehrfach über diesen turbulenten Fall in Schraplau im letzten Jahr nachgedacht, bevor er seine Entscheidung traf. Ja, er fühlte sich fit, die neue Herausforderung anzunehmen. Aber was ihn am meisten beeindruckte, war der Umstand, dass seine Erfahrung und seine Meinung gefragt waren. Gefühlt war dies das erste Mal in seiner Laufbahn als Polizist der Fall, seit seinem mysteriösen Karriereknick nach dieser Geschichte mit der „Garagenrepublik".

Unglaublich, was sie bis jetzt alles herausgefunden hatten über Erich, diese Knalltüte. Wehner konnte sich nicht wirklich vorstellen, dass dieser Typ mal ein Mitglied dieser Spezialeinheit gewesen war. Zu sehr hatte sich das chaotische Bild aus dessen Kindertagen in seiner Erinnerung verfestigt. Nun also saß dieser Erich im Roten Ochsen ein, diesem zu DDR-Zeiten berüchtigten Knast aus rotem Backstein, woher auch sein Name stammte, und nicht, wie viele vermuteten, von dem Leiter, der zu Ostzeiten dort eingesetzt war.

Dass Nicole auch mit im Team sein sollte, freute ihn. Sie war mittlerweile für das BKA tätig, das ebenfalls in diesem Fall ermittelte.

Sein ehemaliger Chef hatte Erich angezeigt. Aber so viel wusste Wehner schon. Dem BKA ging es aber wohl weniger um Erich als vielmehr um diesen Exchef, von dem die Anzeige kam. Aber genauere Informationen würde er vor Ort erhalten.

Viel zu spät bemerkte Wehner die blonde, hübsche Frau, die an einem Tisch saß, der sich genau hinter der Scheibe befand. Das war doch Nicole? Diese amüsierte sich köstlich über Wehners Benehmen vor der Fensterscheibe.

Er schaute rechts neben sich, wo sich der Eingang des Gebäudes befand. Über der Tür stand „Kaffeescheune". Etwas peinlich berührt trat Wehner ein.

Erich blickte aus dem Fenster seines Haftraumes auf die alte Stadtmauer und die Villen auf der anderen Straßenseite. Was für eine Farce. Ausgerechnet hierher hatten sie ihn bringen müssen, in den legendären Roten Ochsen. Hier, wo er einen Teil seiner Ausbildung absolviert hatte, saß er nun in Untersuchungshaft.

Er konnte sich noch genau an das Procedere, welches sie hier erlernt hatten, erinnern. Die alten Barkastransporter mit drei Haftkabinen ohne Fenster und einer Sitzbank in der Nähe der Tür für die Begleitkräfte. Zur Tarnung waren meist Aufschriften von Volkseigenen Betrieben angebracht, bei

Transporten in die Untersuchungshaftanstalten des Ministeriums für Staatssicherheit war dies oft das Logo einer regionalen Großwäscherei.

Während der Einfahrt hatte sich Erich kurz orientieren müssen. Die alte MfS-Schleuse war verschwunden, die alten Hofgangboxen ebenfalls. So hatte man damals den Kontakt vor allem der politischen Gefangenen untereinander unterbinden wollen. Diese hatten ihren Hofgang in circa zwölf bis fünfzehn Quadratmeter großen Räumen ohne Dach absolvieren müssen, die durch Gitter dem Blick in den Himmel die Illusion nahmen, dass es für sie irgendwas Ähnliches wie Freiheit geben würde.

Dagegen war die Zelle, in der Erich sich jetzt befand, der reine Luxus. Er hatte damals nur davon gehört, von der Dunkelhaft im Keller für besonders renitente Feinde des Sozialismus, von den Zellen, deren Boden ständig mit circa zwei bis drei Zentimeter hoch stehendem kalten Wasser geflutet wurde. Früher hatten er und seine Kameraden einstimmig kommentiert: „Richtig so, diese Schweine verdienen es nicht anders!"

Das alles verursachte ihm jetzt allerdings ein flaues Gefühl in der Magengegend. Was hatte man hier mit ihm vor?

Kurz brachte ihn der Anblick einer Krähe, die auf einem Nussbaum auf der gegenüberliegenden Seite saß und Nüsse zu Boden warf, etwas Zerstreuung. Dieser schlaue Vogel hatte einen Plan. Er warf die Schalenfrüchte genau in die Fahrspur der Straße und wartete mit schräg gestelltem Kopf darauf, dass das nächste Auto vorbeikam und bestenfalls über die Nüsse fuhr. Danach war der kostbare Inhalt bequem erreichbar.

Erich brauchte auch einen Plan. Aber dazu musste er erst einmal wissen, was ihm sein Exchef eigentlich vorwarf. Klar, es war nicht optimal gelaufen, dass er von Hallstatt aus über das Netz Kontakt zu ihm hatte aufnehmen müssen. Erich hatte recht gut von den ganzen Naziabzeichen und Devotionalien leben können, auch im Salzkammergut gab es genügend Abnehmer für solche Dinge. Aber dann waren dieser Typ vom GRU, die Kommissare aus Frankreich und diese blonde Frau aus Deutschland aufgetaucht, und sein Versteck war aufgeflogen.

Erich wusste, dass sein Exchef Probleme mit Verrätern hatte. Mit Feinden konnte er besser umgehen als mit Verrätern. Diese Paranoialogik hatte Erich nie so ganz nachvollziehen können. Vielleicht, weil er selbst immer zu tausend Prozent zuverlässig war. In diesem System waren viele aus dem Grund befördert worden, weil sie in praktischen Bereichen nicht wirklich zu gebrauchen waren. Er, Erich, war ein Spezialist, er tickte anders und war in seinem Gebiet sehr gut.

Hatte sein Exchef die Frage nach Geld als Verrat verstanden? Erich konnte sich das nicht vorstellen, zumindest nach seiner Logik. Außerdem hatte er selbst eigentlich über mehr Geld verfügt, als er jemals brauchen würde.

Erich wusste, dass jemand aus der Firma den Tresorinhalt aus Schraplau in Sicherheit gebracht haben musste. Also wollte er praktisch gesehen im Grunde nur, was ihm sowieso gehörte. Warum ließ sich sein Exchef dann auf solche Spielchen ein? Er konnte doch nicht vergessen haben, was er für ihn getan hatte, damals, auf der Burg Hanstein. Aber so, wie sein Exchef früher tickte, hielt der sich heute wahrscheinlich immer noch für unantastbar.

Erich überlegte, er wusste, die Zeiten hatten sich geändert und er war so etwas wie ein Dinosaurier. Er war nicht verführbar gewesen durch materielle Werte. Funktion über Augenschein war immer sein Motto. Allzeit bereit. Doch er musste seine Einstellung überdenken. Dass ausgerechnet die eigenen Kameraden ihn dazu zwangen, fand er unerträglich. Nach allen Standards, die es für verschiedene Einsätze und damit verbundene mögliche Schwierigkeiten gab, war er verbrannt. Kein Zweifel, er war in Ungnade gefallen. Sonst säße er jetzt nicht hier und hätte einen Vernehmungstermin am Nachmittag.

„Das BKA will heute noch mit ihnen sprechen", hatte der Beamte nur kurz gesagt. Da war er wieder, dieser Drang nach Wichtigsein und Anerkennung bei manchen Beamten, um ihr tristes Schließerdasein auszuschmücken. Die Charakterschwäche solcher Personen hatte er schon in Wien ausnutzen können, um sich einigermaßen mit Informationen zu versorgen. Früher wäre er solchen Menschen nur mit Verachtung begegnet, doch widerwillig hatte er gelernt, sich ihrer zu bedienen.

Erich betrachtete noch immer die Krähe, die hastig ihre Nuss verspeiste, die sie vorher noch gegen zwei Widersacher hatte verteidigen müssen. Danach flog sie genau in die entgegengesetzte Richtung ihres Depots, aus dem sie zuvor die Nuss geholt hatte.

Das Wissen, das Erich besaß, war ebenso begehrt wie diese Nuss auf der Straße, und sein neuer Instinkt riet ihm, es nur so lange zu verteidigen, bis der Preis stimmte.

„Na, wie geht es ihnen denn heute, Herr Hausmann?"

Doktor Fröhlich war mit einem Beamten in die Zelle gekommen und sah Bernd aufmerksam an. Dieser wusste für einen Moment nicht, wo er sich befand. Er hatte endlich geschlafen und war gerade eben aufgewacht.
Gestern hatte er mit Heinz telefonieren können.
„Was hast du denn da für 'n Scheiß gebaut", hatte der nur gesagt, nachdem er sich Bernds Geschichte angehört hatte, „ich schicke dir unseren Anwalt." Damit war das Gespräch beendet.
Obwohl Bernd nicht verstand, warum Heinz so kurz angebunden war, konnte er trotzdem so etwas wie Ruhe finden und musste kurz danach eingeschlafen sein. Auf dem Tisch standen zwei Tabletts, eines mit Abendessen und das zweite mit Frühstück, beides noch nicht angerührt.
„Haben sie keinen Hunger, Herr Hausmann?"
„Doch, doch, aber ich muss wohl geschlafen haben."
Doktor Fröhlich wartete einen Moment, bis er glaubte, die volle Aufmerksamkeit seines Gegenübers zu haben.
„Seit wann haben sie denn ihre Probleme?"
Bernd schaute den Arzt ungläubig an.
„Das fing vor fünfundzwanzig Jahren an, als die ersten Risse im Fundament unseres neuen Hauses auftauchten, aber warum wollen sie das wissen?"
„Nun ja", Doktor Fröhlich machte nochmals eine kleine Pause, „waren sie denn über die ganzen Jahre hinweg nicht mal in Therapie?"
Bernd fühlte sich irgendwie verarscht.
„Wie, Therapie?"
„Gut, dann reden wir mal Klartext."
Fröhlich holte tief Luft, zog die Augenbrauen etwas hoch und schaute demonstrativ an die Decke.

„Also, Herr Hausmann, bei einem Blutalkoholwert von zwei Komma vier Prozent und zusätzlich dieser extrem hohe Kokainkonsum, das können sie nur überleben durch jahrelange Toleranzsteigerungen, will sagen, sie sind schon eine ganze Weile abhängig."
„Was?" Bernd schaute Doktor Fröhlich mit weit aufgerissenen Augen an.
„Hören sie, ich habe Probleme mit Geld und mit meiner Frau, die mich verlassen hat. Aber mit Kokain? Ich habe den Abend vielleicht drei Bier getrunken, mehr nicht!"
„Nun gut."
Der Arzt überlegte, er schaute den Beamten an, der das als Aufforderung verstand und zur Zellentür ging, um diese zu öffnen.
„Kleinen Moment noch, Kollege", rief ihm Fröhlich zu, „Herr Hausmann, könnte ich sie noch kurz untersuchen?"
„Ja, wenn es denn sein muss."
Bernd war extrem genervt.
„Gut", Doktor Fröhlich stellte sich vor Bernd und holte einen Spatel und eine kleine Taschenlampe aus seinem Kittel, „öffnen sie bitte ihren Mund und schauen sie mal an die Decke."
Er drückte mit dem Spatel Bernds Zunge etwas nach unten, blickte ihm in den Rachen und leuchtete ihm in die Nase.
„Okay, Herr Hausmann, ich muss noch etwas klären. Ich melde mich bei ihnen."
Er ging in Richtung der Tür, um die Zelle zu verlassen, drehte sich dann aber noch einmal kurz um.
„Ach so, Herr Hausmann, ich werde Kommissar Schmücker anrufen und Bescheid geben, dass sie jetzt vernehmungsfähig sind. Auf Wiedersehen."

Der Beamte schloss die Tür. Bernd setzte sich an den Tisch und überlegte. Er hatte keine Ahnung, was los war. Aber er wusste, dass er Hunger hatte und begann zu essen. Nach einem kurzen Moment legte er das Brötchen zurück auf den Teller. Ihm war plötzlich schlecht. Was hatte der Arzt gesagt, Kokain? Das war doch unmöglich!

Nicole betrachtete Simond ziemlich auffällig. Am Anfang hatte sie ihn überhaupt nicht erkannt. Auch Moulin war verändert, seine Augen leuchteten und sein Outfit konnte man, im Vergleich zu ihrem letzten Zusammentreffen, schon als leger bezeichnen. Aber Simond, das war ganz einfach der Hammer. Sie wusste, dass es Simond sicherlich unangenehm war, doch diese Verwandlung ... Nicht zuletzt dieser Wagen, der da vor der Tür stand. Doch die Art zu reden, die Mimik, kein Zweifel, das war Simond.
Sie überlegte schon die ganze Zeit, ob sie ihn ganz einfach fragen sollte, weshalb er sich so verändert hatte, als dieser von sich aus begann, über die Umstände zu berichten. Von dem Brandanschlag, der Überwachung seines Internetzugangs und seines E-Mail-Accounts, von dem Anschlag auf sie in Hallstatt und seinem Verdacht über das Netz, welches die alten Eliten der Staatssicherheit und des GRU über Deutschland und Teile Europas gespannt hatten.
Simond blickte zu Nicole, die in diesem Augenblick erschrak.
„Das BKA hat schon den Ermittlungsstand mit uns abgestimmt", sagte er, an sie gewandt.
„Ja, das stimmt", erwiderte Nicole und versuchte, sich zu konzentrieren.

„Ich habe das Analysis Work Files mit Interesse gelesen. Bis auf ein paar Kleinigkeiten laufen wir d'accord."
Froh darüber, die peinliche Situation nun gelöst zu haben, nahm sie sich vor, Simond nicht mehr so anzustarren.
„Ich habe den Ermittlungsentwurf ebenfalls gelesen", versuchte Wehner sich einzubringen, und strich sich verlegen über seinen kahlen Schädel, „aber ich kriege das immer noch nicht zusammen. Diese Flitzpiepe und Eliteeinheit?"
Als er merkte, dass der Rest ihn fragend anschaute, korrigierte er sich.
„Äh, also, ich meine natürlich Erich Lehmann und dieses Wachregiment."
„Nun gut", Simond blickte sich kurz um, er betrachtete mit zusammengekniffenen Augen das Pärchen, welches, nachdem es die Frau hinter dem Tresen begrüßt hatte, im hinteren Teil des Cafés Platz nahm. Da diese beiden neben Simond und seinen Kollegen derzeit die einzigen Gäste hier waren und anscheinend nur Interesse für sich selbst hatten, fuhr Simond fort.
„Ich würde folgendes vorschlagen. Dieser Lehmann kann ruhig denken, dass es in Frankreich neue Beweise gegen ihn gibt und dass ihm die Auslieferung dorthin droht. Vielleicht kommen wir dadurch an Informationen über diesen Klappblau."
„Was auch noch interessant sein könnte", Nicole holte einen Ordner aus ihrer Umhängetasche, „wir beim BKA haben eine Routineanfrage erhalten betreffs einer Person, die vor zwei Tagen hier in Halle einen Bankautomaten aus einer Filiale mithilfe eines Wagens und eines Abschleppseils aus seiner Halterung reißen wollte, ein gewisser Bernd Hausmann. Bisher ein unbeschriebenes Blatt, bis auf einen

Schufa-Eintrag. Wir als BKA haben diese Anfrage überhaupt nur erhalten, weil wir gegen eine osteuropäische Bande ermitteln, die genau auf diese Art und Weise schon einige Banken in Deutschland ausgeraubt hat. Bei der Recherche seines Arbeits- und Privatumfeldes sind wir auf den Namen Klappblau gestoßen. Das ist sein Chef. Herr Hausmann arbeitet im gleichen Sicherheitsdienst, in dem auch Lehmann vor seiner Frühpensionierung gearbeitet hat. Keine Ahnung, ob die beiden sich kennen, da der eine in Leipzig und der andere in Halle tätig war. Interessant ist, dass in diesem Wachdienst viele ehemalige Mitglieder des Wachregimentes arbeiten respektive gearbeitet haben."
Sie stockte einen Moment und blätterte zwei Seiten weiter, überflog kurz einen Absatz und fuhr dann fort.
„Ah, genau, ebenfalls von Interesse ist, dass auch dieser Hausmann jemand mit einer besonderen Vergangenheit ist. Er war mal Ringer, der es bis an die DDR-Spitze geschafft hatte, dann aber aussortiert wurde. Übrigens nicht der einzige Spitzensportler aus dieser Zeit, der für Klappblau arbeitet. Aber so, wie es momentan aussieht, hatte Hausmann, nach Aussage des ermittelnden Kommissars Schmücker, Geldprobleme wegen massiver Alkohol- und Kokainabhängigkeit. Dieser Hausmann sitzt auch im Roten Ochsen ein und war die letzten Tage nicht vernehmungsfähig. Anscheinend hatte er Glück, dass er seinen Alkohol- und Drogenexzess überhaupt überlebt hat. Aber sobald er vernehmungsfähig ist, bekommen wir das Protokoll seiner Aussage."
„Sehr gut", Simond nickte zustimmend, „und wie lange brauchen wir zu Fuß bis dorthin?"
Nicole blickte auf die Uhr.
„Genau, wir müssen los!"

„Katzengold. Abseits."
Simond wusste nicht genau, ob er sich getäuscht hatte, aber für einen Augenblick glaubte er, ein leichtes Zucken gesehen zu haben in dem sonst völlig regungslosen Gesicht Erich Lehmanns.
Ganze zehn Minuten stellten sie ihm nun eine Frage nach der anderen. Nichts, dieser Lehmann saß nur regungslos da, bis zu dem Moment, als Simond diese zwei Begriffe aussprach. Seine ersten Worte überhaupt, denn Nicole hatte die Wortführerschaft übernommen.
„Was will denn der französische Komiker?", sagte Erich nur kurz und verzog den Mund zu einem Grinsen, welches durch seinen langen Vollbart verstärkt wurde.
„Kann der auch ganze Sätze?"
Erich wusste, dass ihm ein Fehler unterlaufen war, zu sehr hatten ihn diese zwei Worte beeindruckt. Was konnten die denn schon wissen. Regina hatte die Akten der Kommandoeinsätze gelesen. Das war ihm klar. Doch wie weit und wie umfänglich? Hatte sie aufgehört, als sie über Ralf das herausgefunden hatte, was ihr den Boden unter den Füßen weggezogen hatte und sie ihn erstach? Ihm war bewusst, dass die französischen Kommissare Regina verhört hatten. Doch mit welchem Erfolg?
Dann hatte Erich sich wieder im Griff. Er musterte Simond und Moulin eingehend, versuchte, sich an den biometrischen Abgleichpunkten zu orientieren und bemühte sein Gedächtnis. Dieser Leberfleck auf der linken Wange von dem Anzugträger? Na klar! Erich erschrak erneut und hoffte, dass diese Regung nicht schon wieder wahrgenommen wurde.

Das war doch dieser zottelige Typ, kein Zweifel, und der andere war auch mit in Hallstatt gewesen, ebenso diese Blondine. Was war denn hier los?

Fakt war, dass diese vier eigentlich nicht hier sitzen dürften, soviel war klar. Waren die Kollegen vom GRU so nachlässig geworden? Erich grübelte weiter. Auch er war nachlässig geworden. Die Akten weiterhin aufzuheben war gefährlich gewesen. Doch keiner hatte ahnen können, dass die sein Versteck finden würden.

Doch was ihn am meisten beunruhigte, war, dass er nicht wusste, wo die Akten jetzt waren. Die Aufzeichnungen der Webcam in Schraplau hatten fünf Personen gezeigt, die er zu dem damaligen Zeitpunkt nicht kannte und von denen drei nun vor ihm saßen. Doch er hatte die Verbindung getrennt, um nicht zurückverfolgt zu werden. Das wäre für das Netz fatal gewesen. Zu diesem Zeitpunkt hatten die den Tresor noch nicht gefunden und waren nach kurzer Inspektion der Räumlichkeiten wieder gegangen.

Eigentlich machte die Situation, in der er sich jetzt befand, nur Sinn, wenn die Firma im Besitz der Akten war. Es war ein unerträgliches Gefühl, keine Sicherheit zu haben. Dieses Spiel, Sammeln von Informationen, jeder über jeden, fiel ihm nun auf die Füße. Das, was er glaubte, als Absicherung gegen seinen Exchef in der Hand zu haben, ließ sich nun problemlos gegen ihn selbst verwenden.

Hatte Klappblau die Beweise verschwinden lassen? Dann wird es schwierig, wenn nicht gar unmöglich. Erich wusste, dass das Grüne Band unter Naturschutz stand. Und an der bewussten Stelle?

„Das Gespräch ist beendet", Erich stand auf, „ich will auf meine Zelle gebracht werden!"

„Nicht so schnell, Herr Lehmann!"
Nicole hatte sich bemüht, ihrer Stimme einen strengen Unterton zu verleihen.
„Wir brauchen Informationen über Oberst Klappblau."
„Das Gespräch ist beendet, junge Frau."
Erich grinste sie an.
„Also gut, Herr Lehmann, uns liegen neue Beweise aus Cassis vor, die sie mit dem Verschwinden der Jungen in Verbindung bringen. Glauben sie mir, meine Kollegen aus Frankreich werden das gerne bestätigen, die Haftanstalt in Marseille, dagegen ist das hier in Deutschland der reinste Kindergarten. Und Mord geht vor, sie können in den nächsten Tagen mit einer Überführung dorthin rechnen."
Nicole klopfte mit der Unterseite der Akte auf den Tisch des Vernehmungszimmers, stand auf, nahm ihre Umhängetasche, die sie neben dem Tisch abgestellt hatte, und verstaute darin die Papiere. Plötzlich ergriff Wehner das Wort.
„Mensch, Erich, du alte Krachlatte! Denkst du immer noch, dass du mit dieser Masche durchkommst? Diese arrogante Art, die ich schon damals zum Kotzen fand, als du in Schraplau ständig Scheiße gebaut hast. Willst du wieder Papa anrufen, den stellvertretenden Direktor vom Kalkwerk? Oder glaubst du, deine Kameraden kommen und holen dich hier raus? Oder deine Oma mit ihrer unglaublichen Güte versucht mal wieder, ein Wort für dich einzulegen? ‚Ja, Herr Wehner, das müssen sie verstehen', hat sie immer gesagt, ‚seine Eltern haben ganz einfach keine Zeit für ihn!' Ich weiß gar nicht mehr, wie oft sie bei mir auf der Wache gewesen ist und geweint hat. Meistens habe ich die Sachen dann unter den Tisch fallen lassen, weil sie mir leidtat. Du hättest in den Jugendwerkhof gehört! Aber da haben deine Kumpels ja

Kinder von Leuten eingesperrt, die nichts anderes getan haben, als ihre Meinung zu sagen. Ich gönne dir den Knast in Marseille, glaub mir, wenn die dort drin erfahren, dass du mit einem Kinderficker gemeinsame Sache gemacht hast, oh!"
Wehner machte eine Pause, er holte sich einen Lolli aus der Tasche seines karierten Jacketts und schob ihn sich genüsslich in den Mund. Dann strich er sich über seinen kahlrasierten Schädel und brummelte: „Entzückend!"
Er sah Erich tief in die Augen.
In dem Vernehmungsraum war eine Stille eingekehrt, in der man eine Stecknadel, die zu Boden fiele, problemlos hören könnte.
„Dann reißen die dir mal so richtig den Arsch auf", sagte Wehner abschließend mit einem breiten Grinsen.
Erich war wütend, er umfasste die Armlehnen seines Stuhls derart, dass seine Hände knallrot anliefen. Sein Gehirn arbeitete fieberhaft. Wehner, so hatte sich der Typ vorgestellt, und der kannte ihn von früher? Ja, klar, das war doch der Dorfpolizist aus Schraplau! Der kam damals frisch von der Polizeischule, eine Ewigkeit war das her.
„Na, weißt du nun, wer ich bin?"
Wehner grinste Erich zufrieden an.
„Deine Leute waren damals daran schuld, dass meine Karriere vorbei war, bevor sie überhaupt begonnen hatte. Und nun, kurz vor meiner Pensionierung, bin ich bei Europol und für dich zuständig. Ich sage dir, Erich, du kannst mir jetzt niedere Beweggründe vorwerfen, und was soll ich dir antworten, da hast du wohl recht."
Wehner schaute sich in der Runde um.

„Ich glaube, jetzt können wir gehen", sagte er mit einem breiten Grinsen, dann warf er einen letzten Blick auf Erich.
„Entzückend", dabei erhob er sich.
„Halt!", rief Erich, als alle im Begriff waren, aufzubrechen, „was springt für mich dabei heraus, wenn ich mich dazu entschließe, gegen Klappblau auszusagen?"
„Nun, zumindest Marseille könnte ihnen vielleicht erspart bleiben. Wie gesagt, vielleicht."
Nicole versuchte, ihr Pokerface aufzulegen und war durch Lehmanns Reaktion sicher, dass es ihr gelungen war.
„Ich brauche Bedenkzeit und eine neue Identität, wenn ich mit ihnen kooperiere."
Wehner musterte Erich.
„Noch immer das alte, arrogante Arschloch", brabbelte er vor sich hin.
„Na, dann lassen wir den Herrn Elitesoldat mal überlegen", fügte er abschließend hinzu, woraufhin sie Erich abführen ließen.

Als sie auf dem Weg zum Ausgang waren, schaute Nicole Wehner mit großen Augen an.
„Allererste Sahne, Respekt! Ich bin mir sicher, der wird jetzt gegen Klappblau aussagen."
Dabei rempelte sie aus Unachtsamkeit einen Mann an, der vor einem weiteren Vernehmungszimmer stand und in ein Gespräch vertieft war. Dieser blickte sie interessiert an und verstummte für einen Augenblick, um sich danach wieder seinem Gegenüber zuzuwenden.
„Sie sind Herr Kommissar Schmücker? Broska, ich bin der Anwalt von Herrn Hausmann."

Der Anwalt holte eine Mandantenvollmacht aus dem Aktenkoffer und reichte sie dem Kommissar.
„Das muss Herr Hausmann nur noch unterschreiben", sagte Broska mit einem arroganten Lächeln.
Als der Kommissar das Schriftstück durchlas, blickte der Anwalt der blonden jungen Frau und ihren Begleitern hinterher und kratzte sich am Kopf.

„Wie war gleich nochmal ihr Name?"
Bernd schaute den Anwalt an.
„Broska."
Der Anwalt räusperte sich.
„Kommissar Schmücker hat mir schon mal den Ermittlungsbericht zukommen lassen. Harter Tobak, Herr Hausmann, was man ihnen da vorwirft."
„Ich war das nicht", sagte Bernd mit angespannter Miene.
„Ich glaube, ich muss mich mit meinem Mandanten erst einmal unter vier Augen unterhalten", sagte Broska an den Kommissar gewandt.
„Ich warte vor der Tür", antwortete Schmücker mit verständnisvollem Blick.
Kurze Zeit später trat Broska vor das Vernehmungszimmer.
„Herr Schmücker, mein Mandant möchte eine Aussage machen! Haben sie noch einen Moment, ich müsste dringend ganz kurz telefonieren."
Der Anwalt sah den Kommissar erwartungsvoll an.
„In Ordnung, nehmen sie den Apparat im Vernehmungsraum zwei und wählen sie eine Null vor."
Nach drei Minuten war Broska zurück.
„Schon erledigt", sagte er mit einem Lächeln an Schmücker gewandt, „wir können loslegen."

„Okay, dann wollen wir mal hören."
Schmücker nahm auf dem Stuhl hinter dem Schreibtisch Platz, holte das Aufzeichnungsgerät aus der Schublade, drückte auf die Aufnahmetaste und richtete das Mikrofon aus.
„Nun erzählen sie mal."
Der Kommissar betrachtete Hausmann, der sichtlich erregt war und gegen das Zittern seiner Hände ankämpfte.
„Also, ich war das!", stieß Bernd mit zittriger Stimme hervor.
„Wie bitte, sie waren das?"
Schmücker hatte alles erwartet außer einem Geständnis.
„Nun gut, Herr Hausmann, dann erzählen sie mal detailliert, wie sie das gemacht haben."
„Ja, also, ich habe getrunken und eine Nase gezogen, und dann ist mir der ganze Scheiß mit den Schulden wieder eingefallen. Dann habe ich mich ins Auto gesetzt, bin zur Bank gefahren, habe das Abschleppseil um den Bankomaten gebunden und bin rückwärts angefahren. Dabei habe ich den Wagen abgewürgt. Als der nicht mehr angesprungen ist, muss ich wohl eingeschlafen sein. Das ist alles."
„Aha", Schmücker schaute verwundert.
„Sie betrinken sich, koksen ein wenig, dann beschließen sie, eine Bank zu überfallen und schlafen dabei ein?"
„Ja, genau so war es!"
Bernd versuchte, seiner Stimme Bedeutung zu verleihen.
„Ich kann mich jetzt halt wieder erinnern", sagte er trotzig.
„Okay, Herr Hausmann", Schmücker sah den Anwalt fragend an, „sie haben da nichts hinzuzufügen, Herr Broska?"
„Ich möchte nur noch mal zu Protokoll geben", antwortete dieser, „dass mein Mandant umfänglich geständig ist. Des

Weiteren hat Herr Hausmann die Tat nicht aus niederen Beweggründen begangen, sondern aus seiner finanziellen Situation heraus, in die er größtenteils unverschuldet geraten ist. Auch wäre die daraus entstandene Suchtproblematik herzuleiten. Mein Mandant ist bis zum jetzigen Zeitpunkt ein unbescholtener Bürger. All das bitte ich bei der Anklageerhebung und dem zu erwartenden Strafmaß zu berücksichtigen."

„Also gut", Schmücker hatte den Eindruck, vorgeführt zu werden, „dann war's das für heute."

Er gab dem Beamten an der Tür ein Signal. Dieser unterhielt sich noch leise mit einem Kollegen, der kurz zuvor den Raum betreten hatte.

„Bringen sie Herrn Hausmann zurück auf seine Zelle."

Auf dem Weg zur Zelle fühlte sich Bernd wie in Trance und wollte automatisch in den Trakt Eins abbiegen.

„Halt, hier entlang!"

Der Beamte griff Bernd beherzt am Oberarm.

„Wie jetzt?", Bernd schaute ungläubig, „da vorn ist doch meine Zelle?"

„Du wirst in eine Zweimannzelle verlegt. Deine brauchen wir für jemand anderen."

„Ich höre!"

Schmücker sagte erst einmal lange Zeit gar nichts, hielt den Telefonhörer in der Hand und runzelte die Stirn.

„Ist das sicher?", fragte er dann.

„Natürlich!", antwortete Doktor Fröhlich am anderen Ende der Leitung, „so sicher wie das Amen in der Kirche. Dieser Hausmann war zwar besoffen, ist aber alles andere als ein

Alkoholiker. Es deutet auch alles darauf hin, dass er keine Erfahrungen mit Kokain hat. Nach seiner überzeugenden Entrüstung, als ich ihn auf seine vermeintliche Sucht angesprochen habe, sah ich mir noch seine Nasenschleimhäute genauer an. Keinerlei Anzeichen eines anhaltenden Kokainmissbrauchs. Auch der ETG-Test, der einen Alkoholmissbrauch bestätigt hätte, war alles andere als passend zu dem Zustand, in dem er aufgefunden wurde. Die einzige Auffälligkeit war der regelmäßige Gebrauch von Beta-Blockern. Ich habe daraufhin nochmals alles neu durchdacht.
Herr Hausmann muss Bluthochdruck haben. Ich schätze, nicht vernünftig abtrainiert nach seiner Laufbahn als Ringer, aber das sind nur Mutmaßungen. Vielleicht auch nur ungesunder Lebenswandel, Übergewicht, womit wir ja alle so unser kleines oder größeres Problem haben, dazu zu wenig Bewegung, na ja."
Er räusperte sich etwas gedankenverloren.
„Ach, wo war ich denn gleich stehengeblieben", nahm er das Gespräch wieder auf.
„Ah, ja, ich habe meine Arbeitsthese völlig verworfen und mich entschieden, hypothetisch Herrn Hausmann vorerst mal zu glauben., und auf einmal ergibt alles einen Sinn. Den Mann hat jemand betäubt, vielleicht irgendetwas ins Bier getan, was er am Vorabend seines Auffindens seiner Aussage nach getrunken hat. Danach hat man ihm oral jede Menge Hochprozentiges eingeflößt, zusammen mit Kokain! Da bin ich mir ziemlich sicher. Auf der Suche nach der Substanz, mit der er betäubt wurde, bin ich nochmal die Standardsachen durchgegangen, und mit einer gehörigen Portion Glück konnte ich noch geringe Rückstände von K.-o.-Tropfen nachweisen. Nach dem Zeitraum von der hypothetischen

Einnahme bis zur Blutabnahme ist das nicht selbstverständlich. Das spricht allerdings dafür, dass man da auch ziemlich was reingeschüttet hat, in unseren Klienten, und das weist auf ein riesiges menschenverachtendes, kriminelles Potential hin. Der oder diejenigen haben billigend in Kauf genommen, dass Herr Hausmann dabei draufgeht. Für mich war das ein Mordanschlag und Herr Hausmann das Opfer. Aber das ist nicht mein Job, das müsst ihr herausfinden."
Kommissar Schmücker seufzte in den Telefonhörer.
„Na prima. War auch alles viel zu einfach, besten Dank. Wann habe ich deinen Bericht, Doc?"
„In zwei Stunden."
„Alles klar. Tschüss und noch einen ruhigen Dienst."
Schmücker nahm die Anfrage des BKA betreffs Bandenkriminalität in die Hand und las sie erneut durch. Auch seine Antwort darauf las er nochmals und runzelte die Stirn. Noch einmal konnte er sich so einen Fehler nicht erlauben. Er musste nachdenken und beschloss, die erneute Vernehmung von Hausmann auf morgen zu vertagen.

„Was ist los? Wie konnte das denn passieren?"
Schmücker war außer sich.
„Wer hat das veranlasst? Wie, keine Ahnung! Haben sie denn ihren Laden nicht im Griff?"
Er schmiss den Telefonhörer auf den Apparat. Was für eine dilettantische Scheiße! Da verlegten die ohne Not den Hausmann während der Untersuchungshaft in eine Zweimannzelle, und nun lag der auf der Krankenstation. Verdacht auf Herzinfarkt.
Schmücker wusste nicht, was er zuerst tun sollte. Sich vor Ort nach dem Befinden von Hausmann zu erkundigen, ob er

ansprechbar sei, oder gleich in den Untersuchungstrakt, um sich das Dilemma selbst anzuschauen. Die Zelle war nach telefonischer Aussage völlig zerstört und der andere Häftling befand sich ebenfalls in medizinischer Behandlung.
Egal wie, er musste in den Roten Ochsen und herausfinden, was genau passiert war.
Schmücker versuchte, Doktor Fröhlich zu erreichen.
„Die Person, die sie anrufen, ist vorübergehend nicht zu erreichen", lautete die Ansage. Er steckte das Handy zurück in die Jackentasche, stieg ins Auto ein, startete den Motor und fuhr mit quietschenden Reifen los, um kurze Zeit später an der nächsten Abbiegung im Stau zu stehen.
„Scheiß Berufsverkehr!", fluchte er und sah auf die Uhr. Er klopfte mit der flachen Hand mehrfach auf die Hupe, obwohl er wusste, dass es keinen Sinn machte. Kurz überlegte er, das Blaulicht am Autodach zu befestigen und anzuschalten, nahm dann allerdings davon Abstand.
Zu Fuß wäre er um diese Zeit wohl schneller gewesen. Schmücker versuchte, sich abzuregen, er musste sich konzentrieren. Was war denn das für eine gequirlte Kacke, mit der er es da zu tun hatte.
Die Blechschlange kam nur langsam voran, unerträglich langsam. Schmücker nahm sein Handy erneut aus der Jackentasche und betätigte die Wahlwiederholung. Er blickte sich um, gerade er als Polizist wusste, dass es nicht in Ordnung war, während der Fahrt zu telefonieren, auch wenn er ja mehr stand als fuhr. Aber er musste trotzdem dringend versuchen, Fröhlich zu erreichen. Je länger die Fahrt zum Gefängnis dauerte, umso unerträglicher wurde die Ungewissheit.
Nach mehrmaligem Klingeln hörte er Fröhlichs Stimme.

„Einen Moment, ich gehe mal vor die Tür", sagte dieser nur kurz, danach war Stille in der Verbindung. Viel zu lang, so Schmückers Empfinden, bis sich der Doktor mit dem Satz zurückmeldete.

„So, jetzt können wir in Ruhe reden. Folgendes, ich war gerade bei Hausmann, den hat es total erwischt."

„Herzinfarkt! Hab' ich schon gehört", unterbrach ihn der Kommissar.

„Nein, nicht wirklich. Der Mann ist übersät mit Hämatomen, an den Unterarmen, Oberarmen, Bauchraum, Nierenbereich und auf beiden Seiten des Halses um den Bereich der Hauptschlagader. Er hat drei gebrochene Finger, eine Platzwunde am Hinterkopf und ist nicht bei Bewusstsein. Anhand seiner äußeren Verletzungen und der Verletzungen des zweiten Zelleninsassen, einem Erich Lehmann, muss es da einen Kampf um Leben und Tod gegeben haben. Ich habe so etwas noch nicht gesehen. Der Lehmann hat extreme Würgemale am Hals, ganze Haarbüschel ausgerissen und ein Hämatom auf der Stirn, welches zu der aus der Verankerung gerissenen Toilettenschüssel passen könnte."

„Wie bitte?", Schmücker hatte den Eindruck, sich verhört zu haben.

„Ja, am besten schaust du dir das mal selbst an. In die Zelle muss auch noch die Spurensicherung rein."

„Okay, ich bin in ungefähr zehn Minuten da. Kann ich denn mit dem anderen sprechen, diesem Lehmann oder wie der heißt?"

„Ja, von mir aus", Fröhlich überlegte kurz, „klar, ich habe allerdings angeordnet, dass der noch zur Beobachtung auf der Krankenstation bleibt. Aber für eine erste kurze Befragung geht das in Ordnung."

„Alles klar, ich muss mir auch noch den Beamten suchen, dem wir das ganze Desaster zu verdanken haben. Zwei Untersuchungshäftlinge zusammenzulegen, das geht gar nicht!", schnaubte er wütend.
„Sehen wir uns heute noch, falls ich noch Fragen habe?"
„Ruf ganz einfach durch, kann ich nicht versprechen. Ist noch einiges zu tun."
„Alles klar, Doc."
Schmücker legte das Handy auf den Beifahrersitz und schaute sich instinktiv um. Vorne in dem Stau schien es vorwärts zu gehen, endlich. Er war unglaublich gespannt, was ihn erwartete.

„Was ist hier eigentlich los?"
Schmücker war noch nicht mal richtig in der Schleuse drin, hatte schon automatisch seinen Dienstausweis gezückt und die Dienstwaffe zum Einschluss in eines der Schließfächer aus dem Halfter gezogen, als er bemerkte, dass einer der Beamten ihn ziemlich hilflos anschaute.
„Wie meinen sie?"
„Was hier los ist!", wiederholte Schmücker wütend.
„Keine Ahnung, was sie meinen", entgegnete stirnrunzelnd der Beamte.
„Oh, Entschuldigung", Schmücker schaltete rhetorisch einen Gang zurück, „ich muss zu einem Untersuchungshäftling, Herrn Hausmann, und dann will ich den leitenden Beamten sprechen, der die Zusammenlegung von Hausmann und Lehmann in eine Gemeinschaftszelle veranlasst hat."
„Okay", der Kollege in der Schleuse war sichtlich erleichtert, als er das Anliegen des Kommissars erfahren hatte, der hier so außergewöhnlich ungestüm aufgetaucht war.

„Sie kommen also wegen des Vorfalls gestern Nachmittag."
„Ja, Vorfall ist gut umschrieben", antwortete Schmücker, der schon wieder merkte, wie die Wut in ihm aufstieg.
„Ich muss kurz telefonieren, ich lasse sie schon mal durch, dann können sie drinnen warten."
Der Summer der inneren Tür gab Schmücker das Zeichen, doch jetzt endlich den Vorraum zu verlassen, was der Mann auf der anderen Seite der Glasscheibe mit wohlwollender Erleichterung wahrnahm. Nach kurzer Wartezeit hatte er den dienstältesten Beamten am Telefon.
„Sag dem Wichtigtuer, er muss sich gedulden", bekam er als kurze Antwort, dann legte sein Gegenüber auf.
„Unser Schichtleiter kommt gleich", gab er Schmücker noch durch die Wechselsprechanlage im Warteraum zu verstehen.

„Krause, ich bin hier der Dienstälteste, was kann ich für sie tun?"
Schmücker blickte demonstrativ auf seine Uhr, danach musterte er sein Gegenüber eingehend.
„Kaum eine halbe Stunde vergangen!", er hatte seine Erregung nicht mehr unter Kontrolle, als er diesen bewusst provokativen Satz aussprach. Der Mann vor ihm war augenscheinlich über sechzig, adipös, hatte einen Dreitagebart und die spärlichen Haupthaare auf die gleiche Länge gestutzt. Seine Uniform war nicht gleichermaßen wie sein enormer Bauchumfang gewachsen, so dass sie nur noch mit einem Knopf direkt über der Brust zu schließen war, die ebenfalls eine Größe hatte, dass man fast in Versuchung kommen könnte, Krause das Tragen eines BHs zu empfehlen. Der Fußmarsch hier herüber in den Wartebereich hatte ihn dermaßen angestrengt, dass ihm der Schweiß auf der Stirn

stand. Für Schmücker stand fest, er mochte Krause nicht, was anscheinend auf Gegenseitigkeit beruhte.

„Wir haben hier auch was zu tun, junger Mann, da kann das schon mal etwas dauern."

„Ach so", Schmücker blickte seinem Gegenüber offensiv in die Augen, „auf den Herrn Hausmann, der als Untersuchungshäftling hier in ihrer Obhut ist, wird ein Mordanschlag verübt, und für sie gibt es offenbar Wichtigeres? Interessant."

Krause setzte sein breitestes Grinsen auf, welches er zu bieten hatte, und holte tief Luft

„Nun hören sie mir mal gut zu, junger Mann! Ich arbeite hier seit über vierzig Jahren, und glauben sie mir, ich habe hier im Laufe der Zeit schon viele Durchlauferhitzer gesehen. Aber jemand, der mir aus heiterem Himmel eine Verletzung der Aufsichtspflicht unterstellt, dass hatte ich bisher noch nicht. Wissen sie, Herr Kommissar, ich musste erst einmal veranlassen, dass die Zelle aufgeräumt wird, da wir diese dringend wieder benötigen."

„Was ist los?", Schmücker war außer sich, „da sollte die Spurensicherung rein, laut Doktor Fröhlich!"

„Ach, der Fröhlich, wusste gar nicht, dass der so was anordnen kann."

Krause grinste immer noch.

„Sehen sie, Herr Kommissar, solche Vorfälle wie mit den beiden haben wir hier schon mal ab und zu. Pack schlägt sich, Pack verträgt sich. Das ist unser Alltag hier, und nach dem Anruf aus Magdeburg, dass die Verlegung eines hochgesicherten Häftlings ansteht, da brauchten wir die Einzelzelle von dem Hausmann. So einfach ist das manchmal. Unser ganz normales Alltagsgeschäft halt."

Zu seinem zufriedenen Grinsen verschränkte Krause jetzt auch noch demonstrativ die Arme vor seinem dicken Bauch, was ihm erst im zweiten Anlauf gelang und Schmücker signalisieren sollte, dass das Gespräch jetzt beendet sei.
„Wer hat aus Magdeburg angerufen? Ich hätte da gern mal einen Namen."
Schmücker konnte sich einen provokanten Unterton einfach nicht verkneifen.
„Ach, Herr Kommissar, hätte ich gewusst, dass das für sie wichtig ist, hätte ich mir den selbstverständlich aufgeschrieben. Kann mich leider nicht erinnern, liegt wohl am Alter!"
Schmücker atmete tief durch.
„Das hat ein Nachspiel, Herr Krause, das verspreche ich ihnen."
Der nickte und grinste weiter.
„Ich wünsche ihnen auch noch einen schönen Tag, Herr Kommissar, und jetzt würde ich gerne weiterarbeiten."
Krause drehte sich um und wollte gehen.
„Halt, ich will noch zu Hausmann!"
Krause hob während des Gehens die Hand zu einem angedeuteten Gruß.
„Der ist nicht vernehmungsfähig, hat das ihnen ihr Doktor nicht gesagt?"
Dann öffnete er mit seinem Schlüssel die Tür und war verschwunden.
Schmücker ärgerte sich ohne Ende, verdammt, jetzt hatte er wegen dem blöden Krause auch noch die Namen verwechselt. Er wollte doch eigentlich zu dem anderen Zelleninsassen, Lehmann oder wie der hieß. Er überlegte kurz, noch mal umzudrehen, um den Krause heranzurufen, doch dann verwarf er den Gedanken. Er hatte sich vor diesem Typen schon

genug blamiert, den Hausmann sprechen zu wollen, obwohl der nicht bei Bewusstsein war.

Schmücker wusste, er musste sich besser vorbereiten, das passte alles nicht zusammen. Auch mit dem Krause stimmte irgendwas nicht, oder war der ganz einfach so naturtrüb? Fragen über Fragen.

Er hasste das, solch ein verzwickter Fall und er war allein. Manchmal hatte er das Gefühl, leer zu sein. Sein langjähriger Kollege lag mit einem Schlaganfall im Krankenhaus und musste danach zur Reha. Schmücker hatte den Eindruck, dass die Arbeit ihm über den Kopf wuchs. Konnte dieser Fall denn nicht so ein Standardding sein, einfach Geständnis und fertig. Aber was war? Er hatte den Verdacht, alle, mit denen er sprach, wollten ihn irgendwie verarschen.

Am liebsten wäre er zu seinem Kollegen ins Krankenhaus gegangen und hätte ihm den Fall geschildert. Früher hatten sie oft abends zusammen gekocht, ein Glas Wein getrunken und Gedanken ausgetauscht, Ideen und Hypothesen ersonnen und verworfen, bis sie einen Ermittlungsansatz hatten, die zündende Idee. Sein Kollege fehlte ihm heute mehr denn je.

Er beschloss, Doktor Fröhlich anzurufen, vielleicht hatte der ja Lust auf so einen Abend. Aber sofort beschlich ihn das unangenehme Gefühl, seinen Partner zu betrügen, der krank war.

Zuerst musste er sich über diesen Lehmann informieren.

Als er zurück im Kommissariat war, gab er den Namen Lehmann in den Computer ein. Kurz musste er überlegen, Erich, hatte der Doktor gesagt, so hieß er.

„Kein Zugang" stand groß in der Datenbank. Was war denn das? Erfahrungsgemäß hatte dann das BKA seine Hände im Spiel.

Schmücker lehnte sich in seinem Bürostuhl zurück, verschränkte die Arme hinter dem Kopf und schloss die Augen. Was für eine gequirlte Kacke, dachte er sich und griff zum Handy. Einen Moment zögerte er noch, dann wählte er Fröhlichs Nummer.

Schmücker und Doktor Fröhlich saßen in dem Biergarten auf der Aussichtsterrasse gegenüber der Burg Giebichenstein, von dem aus man einen herrlichen Ausblick auf die Burg mit der vorgelagerten Brücke und den Anlegestellen der Saaleschifffahrt hatte. Die Burg lag im abendlichen Sonnenlicht, das von den Skulpturen der Kunsthochschule, welche sie beherbergte, reflektiert wurde. Beide hatten sich ein Bier und Bockwurst mit Kartoffelsalat bestellt und prosteten sich zu.

„Ach, weißt du, Doc, ich fühle mich mit dem Fall absolut überfordert", begann Schmücker kleinlaut. Er war froh, dass Fröhlich seiner Einladung gefolgt war, umso vorsichtiger wollte er damit beginnen, über die Arbeit zu reden.

„Geht mir ähnlich", antwortete Fröhlich nach kurzer Bedenkzeit.

Schmücker war sichtlich erleichtert, dass der Doktor auf so eine ehrliche und unkomplizierte Weise den Ball annahm, den er ihm zugespielt hatte.

„Aber woran liegt das?", fragte Schmücker, und Fröhlich sah ihn mit hochgezogenen Augenbrauen an und zuckte mit den Schultern.

„Bei mir liegt es wohl vor allem daran, dass mein Kollege krank ist", fuhr der Kommissar fort.
„Wir sind so ein eingespieltes Team. Zusammen wäre uns schon was eingefallen. Aber alleine fühle ich mich aufgeschmissen."
„Nun gut, dann lass uns mal versuchen, etwas Licht ins Dunkel zu bringen", entgegnete Fröhlich. „Meinen Bericht hast du ja bekommen, dieser deckt sich soweit mit meiner ersten Einschätzung. Meiner Meinung nach ist dieser Hausmann weder süchtig, noch ist er für die Situation, in der ihr ihn aufgefunden habt, verantwortlich."
„Ja, aber wie ergibt das denn einen Sinn?"
Schmücker hob, wie zur Unterstützung seiner Frage, die Arme kurz an, um sie danach wieder auf den Tisch zu legen.
„Die Auswertung der Spurensicherung spricht ebenfalls für deine These, Doc, kennst du die denn schon?"
„Nein, aber es sind wohl nur Spuren von Hausmann im Wagen gewesen, und der Geldautomat?"
„Na ja, der ist überzogen mit Fingerabdrücken en masse, allerdings keine von Hausmann. Soweit stimmt alles", gab Schmücker Fröhlich recht, „aber ein Detail, das du noch nicht kennst, ist sonderbar. Auf dem Überwachungsvideo erkennt man, wie ganz am Anfang jemand in die Bank kommt, die Statur könnte auf Hausmann passen, die Sachen ebenso. Er trägt eine Leiter in den Automatenraum, steigt auf diese und sprüht die Kamera mit schwarzer Farbe ein. Der Mann trägt eine schwarze Strumpfmaske. Doch wo ist die geblieben?"
„Keine Ahnung", sagte Fröhlich interessiert.
„Die Leiter hat er stehengelassen, ohne jegliche Fingerabdrücke darauf, aber die Maske haben wir nicht gefunden,

weder in dem Raum, noch davor, auch nicht in Hausmanns Wagen."

Fröhlich sah Schmücker an und nickte zustimmend.

„Das passt zu meinen Untersuchungsergebnissen. Der Hausmann war das nicht, oder zumindest nicht alleine."

„Okay, aber wie erklärt sich, dass er diese Aktion mit jemandem zusammen durchführt, der ihn dann ganz einfach dort liegen lässt?", argumentierte Schmücker.

„Du hast recht, das ergibt keinen Sinn. Der mutmaßliche Komplize hätte doch alles darangesetzt, den Hausmann dort wegzubekommen. Der muss ja stets damit rechnen, dass er aussagt und ihn belastet. Das Auto kann man ja als gestohlen melden, das wäre kein Problem. Aber einen Mittäter ganz einfach besoffen und zugedröhnt am Tatort zurücklassen, wer macht denn so was?"

Er schüttelte den Kopf und dachte nach.

„Pass auf, ich habe eine Idee", sagte er nach einer Weile, „überrede doch mal die von der Spurensicherung, sich das Video noch mal vorzunehmen. Die sollen mal gezielt die Jeanshose vergrößern. Jede Jeans ist, nachdem sie getragen und mehrfach gewaschen wurde, ein unverwechselbares Unikat mit speziellen Abrieben entsprechend den anatomischen Besonderheiten des Trägers, und wenn sie diese Abriebstellen mit der Hose von Hausmann vergleichen, haben wir einen Beweis. Passt die Hose auf der Kameraaufzeichnung nicht zu der unseres Verdächtigen, dann wird es interessant."

„Super Idee", sagte Schmücker etwas euphorisch, „genauso machen wir das. Weißt du, dieser Anwalt von dem Hausmann, der Broska, der ist mir auch nicht ganz geheuer, und der Krause, dieser Oberaufseher, ebenfalls nicht."

„Über den kann ich dir einiges erzählen", Fröhlich grinste ihn an und nahm einen großen Schluck Bier.
„Der war schon in der anderen Republik im Roten Ochsen. Damals eines der größten Arschlöcher im Stasiknast, wie man hinter vorgehaltener Hand so hört. Dass der bis heute noch dort arbeiten kann, keine Ahnung, wer da schützend seine Hand drüber hält."
Schmücker dachte einen Moment lang nach und schaute Fröhlich aufmerksam an.
„Ist das sicher, mit dem Krause?"
„Klar ist das sicher, aber offiziell redet da keiner mehr drüber. Wie hätte man denn damals nach der Wende das alles auch abwickeln sollen? Da brauchte man schon Leute, die sich genau auskannten, genau wie im ersten Kabinett der Bundesrepublik, da saßen auch jede Menge Nazis rum, die natürlich alle schon immer dagegen waren und nach einer Entnazifizierung die neu entstandene BRD regieren durften. Was da funktioniert hat, das hat man im Einigungsvertrag nach dem Ende der DDR ebenfalls festgeschrieben. Man wollte keine Hexenjagd, alles sollte friedlich bleiben. Reichte schon, dass eine Zeitung die Klarnamen der IM veröffentlicht hatte. Es sollte ruhig zugehen, das war die oberste Devise. Solche Leute wie Krause mutierten dann vom Saulus zum Paulus, wenn du verstehst, was ich meine, halfen den Institutionen über die kritische Wendezeit, und als Dank wurden sie nachträglich verbeamtet, als Bundesbürger. Später hat man dann vor der Verbeamtung auf Lebenszeit Prüfungen vorgenommen. Aber bei solchen Leuten wie Krause hat man dann nichts mehr gefunden. Kein Wunder, waren doch bis nach der Wende die Leute von der Staatssicherheit selbst dafür zuständig, ihre Unterlagen zu bewachen, und bis

heute arbeiten einige Spezialisten in der Behörde, die jetzt wie selbstverständlich für die Demokratie ihr Wissen von damals nutzen, um alles ‚lückenlos' aufzuklären."
„Schon klar", Schmücker musste grinsen, „du hast schon recht, ich habe auch noch zu DDR-Zeiten Kriminalistik studiert, meiner Meinung nach bis heute die bessere Ausbildung. Wie lange haben die mich zappeln lassen, bis ich verbeamtet war. Klar war ich auch Genosse. Genosse Karteileiche, habe ich immer gesagt. Ich wollte halt den Beruf machen, und anders ging es nun mal nicht."
„Du musst dich nicht rechtfertigen", Fröhlich merkte, dass dem Kommissar seine Selbstauskunft nicht leichtfiel.
„Ich hatte einfach nur Glück. Den einzigen Kompromiss, den ich eingehen musste, war, drei Jahre zur NVA zu gehen. Als Arbeiterkind habe ich dann selbstverständlich einen Studienplatz bekommen, obwohl ich nicht der Beste beim Abi war, und kurz vor dem Examen kam die Wende. Wer weiß, wie ich mich ansonsten hätte verbiegen müssen. Kurz zuvor stand alles auf der Kippe. Nach einem Konzert habe ich mich hinreißen lassen und bin mit einem Studienkollegen im Auto seines Vaters ins Sperrgebiet im Eichsfeld zu einer Party gefahren. Ich lag im Kofferraum unter einer Decke. Wir hörten das Doppelalbum ‚Roxy Music Live', das mich derart flashte, ich hätte einfach losmarschieren können in den Westen. Mit etwas Pech hätte ich den Krause vielleicht damals schon kennengelernt.
Na denn, Prost", schloss Fröhlich nachdenklich.
„Prost", Schmücker hob ebenfalls sein Glas, „schöner Abend, auf unsere Zusammenarbeit, Doc."

Simond, Moulin, Wehner und Nicole sahen sich mit einem Gesichtsausdruck an, den man am besten mit einem Fragezeichen beschreiben konnte. Dieser Mann, der ihnen gegenübersaß, sollte Erich Lehmann sein? Der Bart war ab, der Schädel geschoren. Kopf und Hals waren übersät mit Hämatomen, doch was am meisten auffiel, waren seine Augen. Die Selbstsicherheit, ja Arroganz aus dem letzten Verhör war verschwunden. Erich Lehmann war verunsichert. Er atmete demonstrativ tief durch und schaute die vier dabei an. Nicole wertete das als Aufforderung und begann.
„Sie wollten uns sprechen, Herr Lehmann?"
„War das eure Idee, mich mit diesem Volldepp zusammenzulegen?", entgegnete dieser und schaute ungeduldig in die Runde.
Er war augenscheinlich noch nervöser als zu Beginn des Zusammentreffens, was sich durch ein Zucken seines rechten Augenlides äußerte.
Wehner ergriff als nächster das Wort.
„Na, nun werd' mal nicht komisch", erwiderte er barsch.
„Deine perverse Denke brauchst du hier niemand anderem zu unterstellen. Warum dein Opfer in die Zelle verlegt wurde, müssen wir noch untersuchen."
„Was heißt hier ‚mein Opfer', geht's noch?", Erich sah Wehner angespannt an.
„Dieser Psycho-Stiernacken wollte mich kalt machen! Der kommt auf die Zelle, setzt sich auf den Stuhl, sagt weder Muh noch Meff. Dafür zappelt er rum wie ein Junkie auf Entzug und guckt mich an wie ein Schiebchen. Urplötzlich springt der Moppel auf, stürmt mit einem Schrei auf mich los und will mich erwürgen und im Scheißhaus ersäufen! Soviel zum Thema Opfer."

„Und warum liegt der jetzt bewusstlos auf der Krankenstation?", hakte Wehner nach.

„Na, ich musste mich halt wehren. Oder sollte ich mich ganz einfach platt machen lassen?"

„Nun gut, Herr Lehmann", unterbrach Nicole, „damit wird sich noch die hiesige Polizei befassen. Die ermittelt in dem Fall. Nun noch mal, warum wollten sie uns sprechen?"

„Ich hab's mir überlegt, ich sage gegen den Klappblau aus, wenn ich vom Staatsanwalt eine Zusage für Zeugenschutz und eine neue Identität bekomme."

„Nun mal langsam", Simond schaute Moulin an, der nach Nicoles Übersetzung protestiert hatte.

„Als Zeichen ihres Entgegenkommens müssen wir erst einmal wissen, was mit den Jungen in Cassis und denen in Hallstatt in den Achtzigern passiert ist. Bevor sie sich jetzt rausreden, wir haben eindeutige Beweise in ihrem Geländewagen gefunden und auch dieselben Chemikalien in ihrem Unterschlupf in Schraplau, mit denen der mutmaßliche Tatort in Cassis dekontaminiert wurde."

„Respekt", Erich nickte anerkennend, er hatte seine Selbstsicherheit zurück.

„Und was hat das mit mir zu tun?", fragte er provokativ.

„Geht das schon wieder los", Wehner verdrehte die Augen nach oben, „ich glaube, Kollegen, wir vergeuden hier unsere Zeit. Dieser Stasiarsch meint immer noch, Gesetze gelten nur für die anderen. Das glaube ich alles nicht!"

Wehner kam in Rage.

„Packt dieses aufgeblasene Arschloch nach Marseille. Am besten auf eine Station mit Migranten, und dann lasst durchsickern, dass der mit einem Kinderficker gemeinsame Sache

gemacht hat, der auf Migrantenkinder stand. Ich habe immer mehr Gefallen an der Geschichte, die dann passiert."
Nicole sah Wehner etwas hilflos an und wiegelte mit einem: „Ist nicht so wichtig", Simond ab, der den Dialog übersetzt haben wollte.
„Scheint so, wir kommen hier nicht weiter, Herr Lehmann. Die Voraussetzung für einen Deal ist die eindeutige Bereitschaft, die französischen Kollegen zu unterstützen, ebenso natürlich die österreichischen in den betreffenden Fällen, denn Mord verjährt nicht, wie sie wissen sollten, und so lange wir von ihnen keine Unterstützung in diesen Fällen haben, können sie einen Deal vergessen. Dann geht das mit dem Auslieferungsersuchen seinen Gang."
Nicole atmete schwer durch und legte abschließend die Hände auf die geschlossene Akte.
„Und keinen sozialistischen Gang, wenn du verstehst, was ich meine."
Wehner hatte sich diesen letzten Satz nicht verkneifen können, obwohl er sich schon wieder sichtlich abgeregt hatte.
Lehmann kratzte sich am Kopf, einerseits juckte ihn sein frisch rasierter Schädel, andererseits konnte man diese Geste auch als unterstützende Bewegung interpretieren, dass er seine Situation nochmals neu überdachte.
„Okay, okay", sagte er dann so leise und zögerlich, als hätte er Angst, in den Gemäuern, in denen zu DDR-Zeiten so viele politische Häftlinge drangsaliert wurden, schlafende Geister zu wecken. Er war aus der Not heraus bereit, zum Verräter zu werden.
Viele dieser Menschen, die sie damals eingesperrt hatten, wären diesen Schritt nicht gegangen, auch unter dem Um-

stand, diese Unbeugsamkeit notfalls mit dem Leben zu bezahlen, und dann war er gekommen, um die Überreste zu beseitigen, diese menschlichen Hüllen, derer sie im Leben nicht habhaft geworden waren, nicht überzeugen konnten, trotz ihrer großartigen Idee, eine bessere Welt aufzubauen.

Doch Ralf war ein Schwein gewesen, aus, fertig. Erich hasste diese moralischen Überfälle seines Gehirns auf ihn. Er war aufs äußerste empört, als ihn diese Anwandlung das erste Mal heimsuchte. Aber, dieses Aber senkte seinen Puls, wenn er manchmal nachts munter wurde, seit seiner Inhaftierung, schweißgebadet aufwachte.

Er hatte nicht angefangen. Er war der letzte Mohikaner, doch nun wäre es blöd, weiter zu hoffen, dass sich die Zeit zurückdrehte, alles so wäre wie früher.

Erich bemerkte, dass an einer Stelle seines Schädels, wo er sich beim Rasieren geschnitten hatte, vom Kratzen der Schorf ab war, er kontrollierte seine Finger, an denen Blut klebte, und fing automatisch an zu reden.

„Ralf war ein Schwein."

„Sie meinen ihren alten Kollegen, der von seiner Freundin ermordet wurde?", hakte Nicole nach.

„Natürlich, wer denn sonst!", erwiderte Erich barsch.

„Ihr könnt schon davon ausgehen, dass alles stimmt, was ihr rausgefunden habt", sagte er mit Blick zu Simond, der diese Ansage auch ohne Übersetzung zu verstehen schien.

„Eine Zeitlang hatte er Tabletten bekommen, so ein Westprodukt, das man in der DDR für die klinische Zulassung testen ließ, um das Verfahren zu beschleunigen. In der Zeit hat er funktioniert. Seine perversen Fantasien waren weg. Doch irgendwann hat er aufgehört, die Dinger zu nehmen.

Ich meine, die waren ja damals alle keine Kinder von Traurigkeit, allein diese Partys im Sperrgebiet, und dieser Fernsehfutzi war ja ähnlich drauf wie Ralf. Für mich war Ralf trotzdem ein Kamerad. Ich war immer loyal ihm gegenüber, und als der dann die Akten zur Seite geschafft hat um, naja, das interessiert jetzt nicht. Also, ihr könnt davon ausgehen, dass ihr keine Spuren finden werdet von den Kindern. Da hat nämlich jemand, sagen wir mal, gründlich saubergemacht, rückstandslos! Wenn ihr versteht."
„Das heißt, sie haben die Kinder verschwinden lassen", sagte Nicole provokativ.
„Netter Versuch, junge Frau, wenn ihnen das nicht reicht, haben sie Pech. Gegen diesen Klappblau gibt es aber durchaus Beweise, und wenn sie sich noch weiter in Spielchen mit mir verstricken, sind die auch weg. Der ist nicht blöd, der Oberst, der findet Mittel und Wege, mit seinen Kontakten bis in die höchsten Kreise der Politik."
Moulin und Renard schauten sich fragend an. War das nun als Geständnis zu werten? Eigentlich waren die Untersuchungen im Fall der verschwundenen Kinder ja eingestellt und die Spurenlage, die Renard hatte ermitteln können, stimmte mit der Aussage überein, dass da jemand gründlich saubergemacht hatte. Und genau so jemand saß da vor ihnen. Simond hatte sich damit arrangiert, für ein höheres Ziel Kompromisse machen zu müssen, deshalb war er auch sofort dabei gewesen, als das Angebot von Europol kam. Moulin hingegen fiel es doch etwas schwerer, diese Verbrechen in Südfrankreich und Österreich als erledigt anzusehen. Und mehr noch, dieser arrogante Mensch sollte auch noch straffrei mit neuer Identität in ein sorgenfreies Leben starten kön-

nen. Denn sollten seine Schilderungen über die Vorkommnisse in der Zelle mit diesem Hausmann stimmen, hatte er wohl massive Probleme mit seinen eigenen Leuten. Anders war es auch nicht zu erklären, dass er sich in Hallstatt freiwillig gestellt hatte. Mit ihren Ermittlungen dort war das nicht zu begründen.

Was Moulin aber vorrangig beschäftigte und worüber er mit Simond schon so oft gesprochen hatte, war diese beeindruckende Frau, Afra, der er nur zu gern einen Platz zum Trauern um ihren Sohn Adjori geben würde, der nun nach Aussage dieses Stasiarschlochs nicht mehr auftauchen würde. Moulin musste lernen, sich damit zu arrangieren. Er wusste das, doch es fiel ihm unendlich schwer.

Staatsanwalt Schubert hatte sein Okay gegeben, Erich Lehmann würde ins Zeugenschutzprogramm kommen. Etwas Kopfschmerzen hatte er zwar dabei, aber der Verdacht gegen diesen Klappblau war so gewaltig, dass ihm diese Entscheidung angemessen erschien. Allerdings gab er zu bedenken, dass auch Bernd Hausmann unbedingt noch verhört werden musste. Dieser Zwischenfall in der Zelle konnte kein Zufall sein.

Hausmann war jedoch noch immer ohne Bewusstsein. Nach Aussage des behandelnden Arztes hatte die Unterbindung der Blutzufuhr an der Hauptschlagader einen Schlaganfall ausgelöst, welcher noch unklare Schäden am Gehirn ausgelöst haben könnte.

Beide, Lehmann und Hausmann, hatten für Klappblau gearbeitet, Hausmann war dort immer noch beschäftigt. Schubert hatte da so einen Verdacht, und die Umstände, die den Hausmann in Polizeigewahrsam gebracht hatten, sprachen mit einer eindeutigen Handschrift dafür, dass die ehemalige Staatssicherheit Probleme, die sich in den eigenen Reihen aufgetan hatten, versuchte zu bereinigen, und das auf ihre ganz eigene Art.

Schmücker hatte ihm einen vorläufigen Ermittlungsbericht zukommen lassen, der seinen Verdacht untermauerte. Doch alles der Reihe nach. Schubert wusste, dass er keinen Fehler machen durfte. Er, der Staatsanwalt, der für zwei Besoldungsgruppen höher damals aus dem Westen „weggelobt" worden war, Aufbau Ost halt.

Schubert hatte mit der Zeit den Osten lieben gelernt, doch für seine jungen Kollegen, die aufrückten und an seinem Stuhl sägten, empfand er weniger Zuneigung. Er kannte nur zu gut die Vorurteile, die ihn bei dieser ostspezifischen Kriminalität ständig begleiteten, dass er die alten Seilschaften und die ostdeutsche Seele nicht verstehe. Und jetzt dieser Fall mit Europol.

Wehner hatte mehr oder weniger darauf bestanden, dieser Ausflug zur Gotsche war sozusagen eine Herzensangelegenheit, die er seinen neuen Kollegen aus Frankreich neben einer Stadtbesichtigung von Halle so nahegelegt hatte, dass diese quasi nicht Nein sagen konnten.

Simond hatte noch die Schreckensszenarien im Kopf, die ihn früher, als er noch bei den Grünen aktiv war, aus dem Chemiedreieck erreicht hatten, als er nun mit dem Rest der Truppe vor dieser riesigen Seenlandschaft stand. Sie blickten auf Segelbootanleger, Gastronomie und üppige Vegetation, der man ihrer Größe nach zwar ansehen konnte, dass diese Landschaft erst seit wenigen Jahren existierte, aber dennoch, die Verwandlung dieser ehemaligen Mondlandschaft mit ihren ausgebeuteten Braunkohletagebaulöchern, die so groß und lebensfeindlich waren, diese Metamorphose, sie war perfekt gelungen.

Das, was heute dort vor ihnen lag, wäre für die Zeitzeugen von damals überhaupt nicht vorstellbar gewesen, zu stark waren in jener Zeit die Zerstörungen. Für Nicole allerdings war der Istzustand das Normalste der Welt. Auch konnte sie die Geschichten von früher nur noch bedingt hören, obwohl sie schon eine gewisse Affinität zu dieser Zeit besaß, was die Musik und ihren alten, weißlackierten VW Bulli betraf. Aber der Rest …

Doch dieser Fall elektrisierte sie trotzdem, diese Selbstverständlichkeit, mit der diese Seilschaften immer noch agierten, machte sie wütend. Zu präsent waren die Erinnerungen an die Erzählungen ihrer Eltern und Großeltern, die diese elitäre Arroganz der herrschenden Arbeiterklasse frustriert zur Kenntnis nehmen mussten, und das, nach Nicoles Verständnis, über einen unvorstellbar langen Zeitraum hinweg. Sie war, nicht zuletzt, weil sie selbst noch jung war, der strikten Überzeugung, dass die alten Männer, wenn sie nicht loslassen, sich nicht zurücklehnen konnten, um ihr Lebenswerk zu betrachten und der nächsten Generation das Zepter zu übergeben, dieser Welt nicht guttaten. Das abschreckendste Beispiel ihrer Meinung nach war der neue amerikanische Präsident, der meinte, seine siebzig Jahre seien Qualifikation genug für das mächtigste Amt der Welt.

„Hatte der denn nichts anderes zum Anziehen?", fragte Nicole mit hochgezogenen Augenbrauen. Dann schaute sie

Wehner befremdlich an, der nach einem kurzen Lachanfall vor sich hin schmunzelte.

Erich Lehmann stand in seiner braunen Trainingsjacke mit rot-gelben Streifen an den Ärmeln und einer alten Manchesterhose vor der Tür des Roten Ochsen. Seine Hände waren vor dem Bauch mit Handschellen gefesselt, rechts und links je ein Vollzugsbeamter. Die alten DDR-Turnschuhe komplettierten seinen Retroauftritt, der ohne den, seinerzeit nicht unbedingt üblichen, Dreitagebart und den kahlrasierten, spärlich nachwachsenden Schädel, ein durchaus stimmiges Bild abgegeben hätte. Einer der Beamten an seiner Seite hatte eine Schreibunterlage mit dem Transportschein in der Hand, den er sich von Wehner quittieren ließ, da dieser als Erster die Schleuse passiert hatte.

Lehmann sah für seine Verhältnisse etwas schüchtern, fast schon ängstlich aus, als würde ihm sein Verrat, den er, seiner Denkweise nach, im Begriff war zu begehen, schwer im Magen liegen.

Wehner blickte zu der Fassade des alten Backsteingebäudes, welches an der unteren Etage mit weißer Farbe überstrichen war, da er aus dem Augenwinkel bemerkte, dass sie von einem Fenster aus beobachtet wurden. Der adipöse Beamte, der dem Prozedere zuschaute, telefonierte nebenher und zog sein Gesicht dazu in Falten, was bei dem reichlich vorhandenen Unterhautfettgewebe schon ein eindeutiges Anzeichen von Besorgnis ausdrückte. Wehner überlegte kurz, ob er diesen Mann irgendwoher kannte, verwarf den Gedanken aber sogleich wieder.

Er grinste Erich an, hakte sich mit seinem rechten Arm unter dessen gefesselten linken und begann mit dem Spruch: „Na,

dann wollen wir beiden Hübschen mal", an diesem zu ziehen. In diesem Moment spürte Wehner einen massiven Ruck, der ihn leicht aus dem Gleichgewicht brachte.
Erich hatte einen knallroten Kopf bekommen. Die Schlagadern am Hals quollen hervor und er hatte alle Muskeln angespannt, so dass er wie angedübelt auf der Stelle verharrte. Er fixierte Wehner mit einem stechenden Blick, so dass dieser erschrak.
„Respekt, du Vopo, kapierst du? Sonst läuft hier gar nichts. Dann gehe ich zurück in meine Zelle, Ende der Durchsage."
Mit allem hatte Wehner gerechnet, dieser Auftritt jedoch bescherte seiner Hochstimmung ein jähes Ende. Er räusperte sich verlegen. Er war kurz davor gewesen, durch seine Rachegelüste die Aktion zu gefährden.
„Tut mir leid, Herr Lehmann."
Wehner hatte diesen Satz ausgesprochen, ohne vorher darüber nachzudenken. Aus seinem Verständnis von Anstand und Fairness heraus war in seinem Leben eine Entschuldigung nie ein Thema gewesen. Doch diesmal spürte er einen Druck in der Magengegend, als hätte er zu viel gegessen.
Erich brauchte einen Moment, um seinen Erregungszustand zu normalisieren, er war merklich verunsichert durch die spontane Entschuldigung Wehners, die ihm so gar nicht in sein eben kreiertes Konzept passte, welches seine Position stärken sollte.
„Herr Lehmann, bitte hinten einsteigen, das ist Vorschrift", sagte Wehner, diesmal betont sachlich.
Renard hatte den Kleintransporter, den Nicole aus ihrer Dienststelle mitgebracht hatte, vorgefahren. Er und Moulin waren durch diesen Vorfall abgeschreckt, also hielten sie sich zurück. Wehner hatte augenscheinlich alles wieder im

Griff und setzte sich automatisch neben Lehmann, um ihn wie selbstverständlich anzuschnallen, da dieser nicht selbst dazu in der Lage war.

„So, Herr Lehmann, wenn es nun weitergehen soll, müssten wir jetzt schon mal wissen, wo es hingeht", sagte Nicole, die die Schiebetür des grauen Transporters mit den schwarzgetönten Scheiben schloss, der sich einzig durch die überlange Funkantenne von einem zivilen Wagen unterschied und so für das kundige Auge als Behördenfahrzeug zu identifizieren war.

Lehmann hatte am Tag zuvor zwar angekündigt, dass eine Fahrstrecke von circa zwei Stunden zu bewältigen war, das genaue Ziel jedoch nicht genannt.

Erich schluckte kurz und tastete in die Höhe seiner Brust, wo sich durch seine Trainingsjacke das Schreiben des Staatsanwaltes abzeichnete, welches er gefaltet in der Brusttasche seines Hemdes verstaut hatte. Ungewohnt leise sagte er dann: „Bornhagen."

Nicole schaute fragend zu Wehner, der ihren Blick mit dem gleichen Gesichtsausdruck erwiderte. Simond wiederholte den Ortsnahmen mit französischem Akzent und gab ihn in das Navi ein, dann drehte er sich zu Nicole um und fragte, ob seine Eingabe korrekt sei. Noch bevor diese antworten konnte, hatte Erich sich nach vorne gebeugt, bis sein Sicherheitsgurt dieser Bewegung Einhalt gebot. Er kniff die Augen zusammen.

„Stimmt, genau da hin", sagte er kurz.

Simond blickte kurz in die Runde, als erwartete er einen abschließenden Kommentar, um starten zu können, aber außer einem freundlichen Lächeln von Nicole kam nichts, also fuhr er los.

Der übliche Stau machte die Fahrt durch die Innenstadt etwas zäh, was aber allen einen ausgiebigen Blick auf die Moritzburg ermöglichte, welche, perfekt restauriert und mit einer neueren Dachkonstruktion, schon ein Hingucker war, was sogar Erich zu einem interessierten Stirnrunzeln animierte.

Erich begann, leicht zu schwitzen. Das war nicht mehr das Halle, was er kannte. All diese Veränderungen, diese sanierten Gründerzeithäuser, die auf der rechten Seite die Straße säumten, und auch die wiederhergestellte Mühle, die zu DDR-Zeiten eine Ruine war, machten ihm erneut klar, dass „seine" Zeit vorüber war. Der kurze Blick auf die Marktkirche und den Roten Turm war ihm dagegen wohltuend vertraut. Kein Wunder, hatte sogar schon Kaspar David Friedrich dieses Ensemble in einem Fantasiegemälde mit einem Hafen im Vordergrund festgehalten, um die alte Hansestadt zu würdigen, die wegen ihrer Salzvorkommen und deren Abbau ihre ersten Siedlungsnachweise noch vor denen Roms datieren konnte.

Erich betrachtete eine Gruppe junger Frauen, die vor einem Café saßen und die Sonne genossen. Alle hatten schwarz gefärbtes Haar, eine sogar kombiniert mit grün, und waren an Armen, Beinen und Dekolleté tätowiert, auch ihre zahlreichen Piercings betrachteten sie wahrscheinlich als Verzierung. Neben dem Tisch standen Kinderwagen. Erich dachte nach. Früher hätte man so einem Assipack die Kinder weggenommen, ging es ihm unweigerlich durch den Kopf. Es war eindeutig nicht mehr seine Zeit. Er schwitzte automatisch noch mehr.

Er hatte keine Ahnung, was ihn in Bornhagen erwartete, das wurde ihm in diesem Moment schlagartig klar. Was wäre, wenn die Beweise überbaut worden sind? Keine Ahnung. Die Hilflosigkeit, die ihn in der letzten Zeit ständig aufsuchte, war zurück.

Erich betrachtete wohlwollend die Hochstraße, als sie nach Halle-Neustadt fuhren. Sie bogen auf die Magistrale ein. Die Silhouette der Trabantenstadt hatte eine beruhigende Wirkung auf ihn, obwohl auch diese befremdlich bunt geworden war. Er schloss die Augen.

Er hatte schlecht geschlafen, seine Gedanken ließen ihn nicht mehr zur Ruhe kommen. Er wollte die Fahrt nutzen, um sich ein wenig auszuruhen. Der letzte Anblick der Plattenbauten erzeugte in ihm ein wohliges Gefühl, wie einst im Schoß seiner Mutter, die einzige Frau in seinem Leben, die er wirklich geliebt hatte.

Dann war er auch schon eingeschlafen und fing unverzüglich an zu schnarchen.

Nicole drehte sich um und schaute Wehner mit fragendem Blick an.

„Das glaub ich jetzt nicht", sagte sie leise und grinste.

Wehner betrachtete Lehmann ebenfalls belustigt.

Nicole war etwas aufgestanden und hatte sich nach hinten gewandt, sie legte die Arme auf die Rückenlehne und beugte sich so weit wie möglich zu Wehner, um Lehmann nicht zu wecken. Dabei stieg ihr ein fast vergessener Geruch aus ihrer Kindheit in die Nase. Diese Mischung aus Schweiß und billiger Seife, der ihr von ihren Großeltern noch so vertraut war, irgendwie hatten zu DDR-Zeiten fast alle so gerochen, was wohl der fehlenden Hygieneartikelvielfalt geschuldet war.

Bei den Gedanken an ihre Großeltern bekam sie automatisch immer gute Laune und fühlte sich behütet, wie damals, als sie meist die Wochenenden dort verbrachte, auf der Burg in Querfurt. Doch dieses Gefühl wollte so gar nicht zu dem Anblick und Geruch von Lehmann passen.

Simond und Moulin grinsten einfach nur und schauten sich kurz an, danach konzentrierte sich Simond wieder auf den Wust an Wegweisern, die sie zur Autobahn Richtung Göttingen führten.

Ein Gewitter zog auf, der einsetzende Platzregen hatte es in sich. Die letzten Tage hatte es schon häufiger geregnet, aber diesmal machte es Erich Sorgen. Er wusste, heute konnte es eng werden.

Er packte die Kiste mit den Abzeichen und vor allem die Akte eine Etage höher in das provisorische Regal. Das Wasser lief schon über den Fußboden und nahm eine immer bedrohlichere Höhe an. Jetzt nahm auch die Strömungsgeschwindigkeit zu. Erich wusste instinktiv, wenn er jetzt nicht den Schacht zum Gletschertopf hinabsteigen würde, um den Stöpsel in diesem zu ziehen, könnte dieser in Windeseile volllaufen und sein Fluchtweg, der einzige Ausgang aus dieser Höhle, wäre versperrt. Das war ihm schon einmal passiert. Fast drei Tage musste er damals warten, bis der Regen aufgehört hatte und das Wasser langsam ablief. Doch die waren ihm jetzt auf der Spur. Der GRU hatte ihn schon aufgespürt. Erich lief der Schweiß in Strömen, er musste sofort handeln.

Er fluchte zweimal „Scheiße!", lief zum Schacht, in dem sich die Leiter befand, und sah, wie schon das erste Wasser hineinlief. Kurz überlegte er, ob er den Neoprenanzug anziehen sollte. Aber ihm war warm, er schwitzte, jedoch war das Wasser im Gletschertopf, ebenso wie das, was ihm nun auch

schon über seine Füße lief, eiskalt. Erich überlegte, er müsste zu dem Stöpsel tauchen, um den Eingang freizubekommen. Also gut, er entschloss sich, das Neopren anzuziehen, er wollte nicht riskieren, hier in der Einsamkeit krank zu werden.
Erich ließ das Ende der Leiter los, um zu dem Stuhl zu laufen, über dem der Tauchanzug hing, als es ihm plötzlich die Füße wegriss. Er stürzte mit den Füßen zuerst in den Schacht und schlug nochmal mit dem Brustkorb an der Kante auf, bevor er in der Tiefe verschwand.

„Merde!" Simond hatte die Bremse total durchgetreten. Die Warnblinkanlage des Wagens hatte sich automatisch eingeschaltet. Die Reifen quietschten und der Transporter kam leicht ins Schleudern. Simond musste mehrmals gegenlenken und konnte im letzten Augenblick den Wagen abfangen. Erich konnte sich wegen der Handschellen nicht festhalten. Sein Brustkorb schmerzte stark, doch nun flog er nach hinten, mit dem Schädel gegen die Kopfstütze. Er hatte keine Ahnung, wo er sich befand. War er nicht gerade in einen Schacht gestürzt?
Er blickte sich um. Rechts neben ihm saß Wehner, der Vopo. Schräg vor ihm die Blondine und dann die zwei Franzosen. Er hatte nur geträumt. Doch was war denn hier passiert?
Simond ließ den Bus auf den Seitenstreifen der Autobahn rollen und blieb stehen. Er hielt sich die Hand vor sein rechtes Auge und fing an zu reiben.
„Was war denn los?"
Moulin war kreidebleich und sah nach hinten. Nicole rang noch immer nach Fassung.

„Was war denn los?", wiederholte Moulin seine Frage nochmals, diesmal etwas lauter, und stieß Simond dabei an, der immer noch nicht reagierte.
„Das war ein Laser oder so was Ähnliches!"
„Wie, Laser?", stammelte Moulin verdutzt.
„Da oben, von der Brücke!", Simond drehte sich um und zeigte zu der Überführung, durch die sie gerade gefahren waren.

Bernd hatte dieses Piepen im Ohr, erst ganz leise, dann wurde es immer stärker und stärker, so dass er ein unbedingtes Verlangen verspürte, nachzusehen, was los war. Er versuchte, die Augen zu öffnen, was ihm aber nicht auf Anhieb gelang. Seine Augenlider fühlten sich an, als hätte sie jemand mit Sekundenkleber verschlossen, damit er in Ruhe schlafen konnte. Denn es war taghell, zumindest das konnte er durch die geschlossenen Lider erkennen.
Er wollte seinen Arm heben, um sich über seine Augen zu wischen und das zu entfernen, was ihn daran hinderte, diese zu öffnen. Doch sein Arm gehorchte ihm nicht. Bernd hatte das diffuse Gefühl, jemand hätte die Verbindung zwischen seinem Gehirn und seinem rechten Arm gekappt. Natürlich hatte er als Rechtshänder ganz automatisch versucht, sich seiner rechten Hand zu bedienen, um solch feinmotorische Dinge in seinem Gesicht zu erledigen. Doch diese verweigerte die Arbeit. Instinktiv beschloss er, nun die Aufgabe mit der linken Hand auszuführen, und siehe da, diese Seite seines Körpers funktionierte. Doch auf halber Strecke zum Auge machte sich in der linken Armbeuge ein stechender

Schmerz bemerkbar. Wieder wollte er intuitiv mit der rechten Hand nachfühlen, was da los war - nichts, diese Hälfte fühlte sich stillgelegt an, mehr noch, nicht mehr existent.

Bernd grübelte, war das schon immer so? Keine Ahnung. Doch dann war er sicher. Das war neu. In was für einen Schlamassel war er denn nun schon wieder hineingeraten? Egal. Zuerst musste er seine Augen aufbekommen, das hatte oberste Priorität.

Er bewegte seinen linken Arm trotz Schmerzen weiter Richtung Auge und wischte an der Kruste, die sich dort gebildet hatte, bis diese verschwunden war. Bernd hatte ein ungutes Gefühl, als er erneut beschloss, die Augen zu öffnen, doch schlimmer als letztes Mal konnte es wohl nicht kommen.

Sein Kopf fing wie auf Bestellung an zu schmerzen, als er an die Situation vor der Bank zurückdachte, doch er war sicher, niemand rief irgendwas. Da war nur dieses nervige rhythmische Piepen. Irgendwie kam ihm auch das bekannt vor, vorsichtig öffnete Bernd die Augen. Er brauchte einen Moment, um sich an das Licht zu gewöhnen.

Als erstes erkannte er die Leuchtstofflampen an der Decke. Dann war da diese Infusion, die an einem Ständer hing, und schlagartig wurde ihm klar, was da in seiner Ellenbeuge schmerzte. Der Schlauch, der von dem Infusionsbeutel abging, endete genau dort. Auf seinem Oberkörper waren einige Klebepads angebracht, von wo aus Kabel zu einem kleinen Monitor führten.

Scheiße, ich bin im Krankenhaus, ging es ihm durch den Kopf, urplötzlich wurde ihm schwindelig und er sah alles doppelt. Schnell machte er die Augen wieder zu. Das linderte zwar die Symptome, doch nun verspürte er einen starken Kopfschmerz. Er überlegte, ob er die Augen erneut öffnen sollte, doch er fühlte sich unendlich schwach und ließ es sein. Zumindest war er nicht wieder in einer Situation wie in seinem Wagen vor der Bank. Das beruhigte ihn vorerst, der Rest würde sich ergeben.

Simond öffnete sein rechtes Auge und blinzelte vorsichtig. Alles war noch etwas verschwommen, aber er konnte damit sehen, und je weniger er blinzelte, umso besser wurde sein Sehvermögen. Er spürte, wie die Wut in ihm hochstieg. Erst der Brandanschlag auf seinen alten Camper, und nun das. Oder war das ein Kinderstreich? Man hörte ja so viel von solchen Vorfällen an Flughäfen und so, aber dafür war die Intensität des Lichtstrahls ganz einfach zu stark gewesen.
Abrupt drehte sich Simond um.
„Hat jemand sein privates Handy an?", fragte er streng.
Nicole hatte ihre Fassung wiedergefunden, doch nun lief sie knallrot an.
„Ja, ich", stammelte sie leise, so leise dass sie von Wehner übertönt wurde.
„Natürlich nisch!", jedes Mal, wenn er aufgeregt war, verfiel er in den hiesigen Dialekt, obwohl er sonst so darauf bedacht war, hochdeutsch zu reden, „isch bin doch nisch blöd!", sagte er echauffiert, als fühlte er sich beleidigt.
Doch dann fiel sein Blick auf Nicole, der Tränen über das Gesicht liefen.
„Ja, ich", wiederholte sie nochmal lauter, „es tut mir leid. Ich habe da letzte Woche jemanden kennengelernt. Und wir wollten uns morgen treffen, aber er wusste noch nicht genau …"
Sie hörte auf zu reden und blickte nach unten.

„Entschuldige, Simond", sagte sie dann leise.
Simond schlug leicht mit der Hand auf das Lenkrad.
„Merde! So was darf nicht passieren! Moulin, kannst du vielleicht weiterfahren?"
Beide stiegen aus und tauschten die Plätze. Dann ging die Fahrt weiter.
Einzig Erich konnte der Situation etwas Komisches abgewinnen und fing laut an zu lachen. Er hätte sich am liebsten auf die Schenkel geklopft, doch das war ja nicht möglich wegen der Handschellen.
„Mit wem fahr ich hier eigentlich spazieren?", fragte er plötzlich provokativ, „von was für einem Verein seid ihr denn, vom Dilettantenstadl oder was? Habt ihr überhaupt im entferntesten eine Ahnung, mit wem ihr es zu tun habt? Wie blöd muss man eigentlich sein!"
Erich schaute Nicole herausfordernd an.
„Die wollen mich eliminieren, ist das vielleicht angekommen? Und ihr seid für die so eine Art Kollateralschaden, um mal dieses neudeutsche Wort zu bemühen. Nur, damit mich auch der letzte hier versteht."
Nicole lief erneut rot an, diesmal aber nicht, weil sie sich schämte, sondern weil sie wütend wurde.
„Jetzt hören sie mal zu, sie arrogantes Arschloch! Jemand wie sie, der mit Kinderfickern gemeinsame Sache macht ..."
„Silence!", Simond hatte sich umgedreht, „es reicht, ich will jetzt nichts mehr hören! Wir können sie auch zurückbringen, Herr Lehmann, und dann ist der Deal geplatzt. Und du bist jetzt auch ruhig", sagte er mit strengem Blick an Nicole gerichtet.

„Ah, der Franzmann kann Deutsch", Erich grinste, „an der Aussprache müssen wir aber noch arbeiten. Und wann hier Schluss ist, das bestimmen längst schon andere."
Simond hatte zwar nicht alles verstanden, drehte sich aber wortlos um, ohne Nicole um eine Übersetzung zu bitten. Irgendwie hatte er auch keine Lust mehr. Er war einfach nur froh, dass sein rechtes Auge diesen erneuten Anschlag ohne erkennbaren Schaden überstanden hatte, und was noch wichtiger war, dass niemandem etwas passiert war.
Er beugte sich zur Mittelkonsole vor, um im Navi nachzusehen, wie weit es noch bis Bornhagen sei, als er von der freundlichen Stimme überrascht wurde, die sie aufforderte, die Autobahn an der nächsten Ausfahrt zu verlassen. Nun gut, noch dreißig Kilometer bis zum Ziel stand dort, sie hatten es bald geschafft. Simond war unendlich gespannt. Aber dass gerade so ein gottverlassenes Nest mitten in der Eichsfelder Pampa das Geheimnis bergen sollte, nach dem sie suchten, das schien ihm kaum vorstellbar, es würde rein von der Logistik überhaupt keinen Sinn ergeben. Aber vielleicht war ja dieser Ort auch gerade deshalb so perfekt für solch einen Standort.
Simond sah auf sein Dienstsmartphone, das er auf stumm geschalten hatte. Ein entgangener Anruf, signalisierte ihm das Display. Er schaute nach von wem, „Renard bittet um Rückruf" stand da. Instinktiv wollte er zurückrufen, doch dann stoppte er sofort sein Vorhaben. Er konnte ja nicht frei reden, solange dieser Lehmann hinter ihm saß. Obwohl, der konnte bestimmt kein Französisch. Aber je länger er darüber nachdachte, umso unsicherer wurde er, langsam traute er diesen Leuten alles zu. Also steckte er das Handy zurück in seine Jackentasche und grübelte weiter. Hatte sich Renard

vielleicht doch entschieden, in den Fall einzusteigen? Eher unwahrscheinlich, aber warum sollte Renard ihn ohne triftigen Grund anrufen? Nach diesem Fauxpas, den sich Nicole vorhin geleistet hatte, wäre es umso schöner, wenn Renard wieder mit dabei wäre. Ein zuverlässiger Kollege mit wertvoller Erfahrung, vor allem auch aus dem Bereich der Spurensicherung, das fehlte. Und irgendwie hatte ihnen auch dieser Lehmann schon den Spiegel vorgehalten, „Dilettantenstadl". Weit davon entfernt waren sie nicht. Sie konnten sich jetzt keine Fehler mehr leisten. Das müsste nun aber jedem hier klar sein.

„Da vorn ist es."

Moulin riss Simond aus seinen Gedanken. Die Zeit war wie im Flug vergangen. Moulin blinkte und bog rechts ab. Simond sah, wie sich auf einem Bergrücken die Silhouette einer Burgruine abzeichnete.

Die Gegend hatte etwas Liebliches. Die Wälder wurden unterbrochen von zahlreichen Feldern und auf jeden Hügel folgte ein nächster, der seinen Vorgänger anscheinend übertreffen wollte im Wettstreit um die schönste Aussicht über das weite Land. Das war allerdings auch ein Nachteil, mit welchem diese Gegend in ihrer Zeit als Sperr- und Grenzgebiet zu kämpfen hatte. Denn diese Ausblicke wurden damals gesichert wie Staatsgeheimnisse, die man dem normalen Volk nicht zeigen wollte, nicht zeigen konnte, um keine Begehrlichkeiten zu wecken. Doch die Sehnsüchte waren in dieser Gegend, genau wie im ganzen Land, durch solche Maßnahmen nicht zu eliminieren, auch wenn sie noch so penibel und abschreckend ausgeführt wurden. Die Verbundenheit, die die Menschen im gesamten Eichsfeld einte, war

stärker als jeder Zaun und jede Mauer, die sie über Jahrzehnte getrennt hatten.
Simond gefielen solche Geschichten, die Menschen verbanden, umso mehr empfand er immer stärker Verachtung für jene, die aus Eigennutz bis heute versuchten, das zu unterbinden, und ihre alten elitären Standorte zu ihrem Vorteil bis jetzt zu nutzen.
Ja, diese alte Burgruine könnte einer dieser Orte sein, so exponiert, wie sie in die Landschaft ragte. Simond spürte in diesem Moment, da mussten sie hin.
Als ob Erich seine Gedanken lesen konnte, unterbrach er die nachdenkliche Stille.
„Da müssen wir hin, Burg Hanstein. Gleich daneben ist das, was ihr braucht, um den Klappblau zu fassen."
Simond brauchte keine Übersetzung, als er den Namen hörte, über den er so viel recherchiert hatte. Dieser Oberst der Staatssicherheit, welcher sich nach der Wende ein beeindruckendes Imperium aufgebaut hatte, und der mit Sicherheit auch die Fäden gezogen hatte bei den Anschlägen auf Simond und sein Team, seitdem sie sich mit den operativen Einsätzen des Wachregimentes, „Abseits" und „Katzengold", beschäftigt hatten.
Was würde sie gleich dort oben erwarten?
Die Anspannung im Wagen war greifbar. Sogar bei Erich Lehmann war in seiner sonst so kargen Mimik so etwas wie Unsicherheit und Unbehagen zu erkennen. Verständlicherweise, für ihn stand eine Menge auf dem Spiel.
Den etwas tristen Eingangsbereich des Ortes mit Zweckbauten aus DDR-Zeiten hatten sie schon hinter sich gelassen, als sie in die Dorfmitte Bornhagens einfuhren.

„Magnifique!", staunte Moulin, als er die historischen Gebäude erblickte, die vor ihnen lagen. Das eine schien eine Gaststätte zu sein, und wie automatisch bog er auf den großen Parkplatz ein, der sich gleich neben den restaurierten Fachwerkhäusern befand. Es war Mittagszeit. Er blickte zu Simond, der auch ohne ein Wort das Anliegen seines Kollegen verstand. Auch er hatte Hunger, und wie auf Bestellung zog ein betörender Essensgeruch über den Parkplatz.
Ein kleiner Geländewagen fuhr vor und lud ein beachtliches Wildschwein von der Ladefläche, das von zwei Männern, die anscheinend in der Küche arbeiteten, im Empfang genommen wurde.
„Nee, nee, das glaub ich jetzt nicht", Erich schaute genervt an die Decke, „jetzt wollen die wohl erstmal in Ruhe essen gehen!"
Er schaute Wehner streng an.
„Sag den französischen Komikern, wir müssen noch da hoch", er zeigte auf die bewaldete Anhöhe hinter dem Gasthaus, hinter der sich die Burg befand und zu der ein steiler Weg hinaufführte, „und danach will ich zurück."
Nicole übersetzte das Moulin und Simond, die in Vorfreude auf das Essen schon ausgestiegen waren. Daraufhin stiegen sie enttäuscht wieder ein und Moulin suchte eine Auffahrt zur Burg.
„Wenn mich nicht alles täuscht, geht es da vorne links hoch."
Erich war erleichtert, als die von ihm gewiesene Strecke sich als richtig erwies. So, wie sich hier alles verändert hatte, keine Selbstverständlichkeit, dachte er und war beruhigt, sich noch zurechtzufinden. Wie lange war das eigentlich her? Dreißig Jahre? Ihn beunruhigten allerdings die vielen

Neubauten dort oben. Er merkte, wie ihm der Schweiß auf die Stirn stieg.

Die Reifen machten erhebliche Geräusche auf dem alten Kopfsteinpflaster, was sich zusammen mit der hohen Drehzahl des Motors, die dieser brauchte, um den voll beladenen Van die Steigung hochzuziehen, zu einem lauten Dröhnen auswuchs.

Diese Geräuschkulisse hatte etwas von einem Trommelwirbel, der das furiose Finale ankündigte, doch kurz, bevor es an einer Weggabelung in Richtung Burg ging, deutete Erich auf die linke Seite.

„Da, auf den Parkplatz."

Den Franzosen war die Enttäuschung anzusehen: „Was, nicht zur Burg?"

Wehner schaute ebenfalls resigniert. Einzig Erich war konzentriert und sichtlich angespannt.

„Da vorn könnt ihr anhalten!"

„Und jetzt?", wollte Wehner wissen.

„Jetzt kannst du mich mal abschnallen und mir raushelfen, Vopo, oder du machst mir die Handschellen auf."

Erich grinste und streckte Wehner die gefesselten Hände entgegen.

„Lass mal gut sein, ich helfe dir."

Erich fluchte, nachdem er sich noch unnützerweise das Knie angestoßen hatte.

„Scheiße, ist das eng!"

Als er ausgestiegen war, ging er schnurstracks auf den nächsten Strauch zu, der in einiger Entfernung auf dem Parkplatz stand.

„Hey, was soll das, wo willst du hin?"

„Pissen, Vopo, wenn du willst, kannst du ja mitkommen und helfen."

Wehner nickte Simond und Moulin zu, die sich schon in Lehmanns Richtung bewegt hatten, sie stoppten und alle warteten in angemessenem Abstand, bis dieser seine Angelegenheit erledigt hatte.

Simond blickte sich um, schöne Aussicht, dachte er, doch wo sollte hier ein Server sein? Einzig ein geschlossenes Hotel mit dem verheißungsvollen Namen „Zweiburgenblick", sonst nichts. Er wusste aus seinen Recherchen, dass in vielen ländlichen Gebieten der ehemaligen DDR auch so lange Zeit nach der Wende schnelles Internet noch immer nicht vorhanden war. Umso absurder wäre hier die Existenz eines Großrechners.

Was will dieser Lehmann hier, war sein nächster Gedanke, ist das schon wieder eine Falle?

Just in diesem Moment deutete Erich in die Richtung einer alten Kirche, die sich unterhalb der Burg befand.

„Da unten ist es", sagte er mit einem zufriedenen Grinsen im Gesicht.

„Ist was?", fragte Wehner irritiert nach.

„Da unten liegt das Mädchen."

„In der Kirche?"

„Quatsch, nicht in der Kirche. Da hatten die sie damals zwischengelagert, bis ich gekommen bin. Nein, ich meine den Kolonnenweg. Genau dort, wo er den Knick macht. Da konnten wir am einfachsten eine von diesen Betonplatten anheben. Die Stelle war ganz einfach am praktischsten."

Wehner war verstört, das verriet sein Gesichtsausdruck und veranlasste seine Kollegen, näher zu kommen und ebenfalls in die gewiesene Richtung zu blicken.

„Was ist da?", fragte Simond an Nicole gerichtet, die sich erst einmal sammeln musste, bevor sie übersetzen konnte.
„Ein totes Mädchen?", wiederholte Moulin ungläubig.
Was war denn hier passiert, ging es allen durch den Kopf.
Als Erster brach Wehner die allgemeine Schockstarre, die sich nach dieser Information breitgemacht hatte.
„Nu mach die Flappe uff", sagte er mit zittriger Stimme an Lehmann gerichtet.
Lehmann blickte sich um. Er war sichtlich zufrieden, dass hier alles noch so war wie früher, zwar waren die restlichen Grenzanlagen demontiert, doch das sogenannte Grüne Band, welches auf beiden Seiten des Kolonnenweges den Grenzverlauf für die Nachwelt dokumentieren sollte, war seit Jahrzehnten unberührt. Erich musste grinsen, dass sowas wie der Naturschutz ihm in die Karten spielte, hätte er auch nie vermutet. Was hatte man damals alles an Chemikalien da draufgeschüttet, um jegliche Art von Vegetation fernzuhalten, damit die Grenzanlage absolut sicher war. Jeder Fußabdruck war in diesem penibel geharkten Abschnitt sofort sichtbar geworden.
Heute, beim Anblick dieser üppigen Vegetation, hatte auch Erich eine Weile überlegen müssen. Aber jetzt war er sich sicher, dieser Knick dort war nicht zu verwechseln.
„Der Klappblau war hier für diesen Abschnitt des antifaschistischen Schutzwalls zuständig", sagte Erich dann, betont süffisant, „bis hoch zur Teufelskanzel, einschließlich Werraschleife. Einer der am schwierigsten zu schützenden Abschnitte überhaupt. Da oben auf der Burg, der eine Wachturm war ein Meldeposten. Da hatte man ganz einfach die beste Übersicht."

Er stockte kurz, dann fuhr er mit ernster Miene und einem lauernden Unterton fort.

„In der Burganlage haben die halt ab und zu Feten gefeiert. Die Mädels hatte so ein Typ aus Halle besorgt, die wurden immer im Barkas angekarrt. Die haben es ganz schön krachen lassen, Krimsekt und Pervertin."

„Was für Scheiß?", rutschte es Wehner heraus. Er erschrak kurz, denn er hatte Erich eigentlich nicht unterbrechen wollen. Doch Perver-was?

Erich grinste erneut.

„Pervertin, damit hat Adolf seinen Blitzkrieg überhaupt erst möglich gemacht. Damals nannte man das Panzerschokolade. Aufputschmittel und Sexdroge, reicht das, Vopo?"

Wehner nickte verlegen, obwohl er keinen Schimmer hatte.

„Crystal Meth heißt das heute", flüsterte ihm Nicole ins Ohr.

„Unten in der Burg gibt es einen alten Folterkeller. Da ist einer der Herren auf die glorreiche Idee gekommen, das Mädel für ihre Spielchen auf einer Folterbank festzubinden. Das Problem bei dem Pervertin ist, dass du zwar zwei bis drei Tage ohne Schlaf auskommst und dich absolut fit fühlst, aber dann brichst du ein. Und dann haben sie die Frau ganz einfach dort im Keller vergessen. Die lag nackt zwei Tage auf der Streckbank. Als sich irgendwann jemand an das Mädel erinnerte, war die schon tot."

Nicole war immer noch mit Übersetzen beschäftigt, als Wehner erneut das Wort ergriff.

„Und die liegt da unten?"

„Genau, da am Knick", erwiderte Erich und zeigte nochmals in die Richtung.

Jetzt platzte Wehner der Kragen.

„Sag mal", vor Aufregung war er wieder zum provokativen „Du" gewechselt, „willst du uns verarschen? Wir sollen da im Naturschutzgebiet buddeln, weil da angeblich ein Mädchen liegt, das bei einer Sexparty von Klappblau gestorben ist? Vor kurzem hast du uns noch weismachen wollen, dass du der Superspezialist bist, der jede Leiche rückstandslos verschwinden lassen kann! Also, wie passt das denn zusammen?"

„Du hast dich den Besserwessis ja schon richtig gut angepasst, Vopo. Das war damals halt scheiße gelaufen. Ich habe nicht alle Bestandteile für mein Mittel bekommen. Die Knochen wollten sich ganz einfach nicht auflösen. Soweit ich weiß, waren das die letzten Tage unter dem Kommando von Klappblau hier. Der sollte nach Berlin versetzt werden, zum Wachregiment. Dementsprechend musste es schnell gehen. Er hat dann entschieden, dass das ‚Ergebnis' ausreichend war. Klappblau sollte man damals schon besser nicht widersprechen. Ich habe ihn darauf hingewiesen, dass es wahrscheinlich nur eine Woche dauert, bis ich den Auftrag vollständig erledigen kann. Er hat mich nur angegrinst und gesagt: ‚Da unter dem Kolonnenweg ist sie auch vollständig verschwunden.' Dabei hat er mir die Hand auf die Schulter gelegt. Noch eine Woche später habe ich dann die Kirche und den Keller mit dem vollständigen Mittel gereinigt. Zeit wäre genug gewesen. Die Eltern von der jungen Frau hatten inzwischen eine Vermisstenanzeige aufgegeben. Die war allerdings dafür bekannt, ‚häufig wechselnde Geschlechtspartner' zu haben, und jeder ist erstmal davon ausgegangen, dass sie einen neuen Freund hat. Das war wohl schon einige Male vorgekommen, dass sie ihre kleine Tochter am nächsten Morgen nicht von ihren Eltern abgeholt hatte, wenn sie

abends ausgegangen war. Deswegen hatten die auch zwei Tage mit der Anzeige gewartet."
Erich stand da und wartete. Nicole war immer noch mit der Übersetzung beschäftigt, als sich Simonds Handy durch Vibrationsalarm bemerkbar machte.
„Pardon", Simond ging ein paar Schritte zur Seite und nahm den Anruf entgegen.
Seine Miene verfinsterte sich zusehends. Er drehte sich um und entfernte sich circa zwanzig Meter von der Gruppe, um das Gespräch zu führen.
Moulin blieb bei den anderen, obwohl er ahnte, wer der Anrufer war. Zuerst mussten sie sich allerdings um diesen Lehmann kümmern. Da durfte nichts schiefgehen, und er hatte das Gefühl, dass sie hier nicht allein waren. Zu oft hatte er denselben Wagen bemerkt, der seit Halle mal hinter und mal vor ihnen fuhr. Doch nachdem sie die Autobahn verlassen hatten, war er verschwunden. Doch eine diffuse Ahnung sagte ihm, dass der Wagen bestimmt schon vor ihnen angekommen war, vielleicht über einen der vielen Schleichwege, die man, nachdem die alten Verkehrswege zuvor beim Mauerbau penibel getrennt worden waren, nun durch den riesigen Aufwand beim Aufbau Ost wiederhergestellt hatte.

Moulin blickte zu dem in einiger Entfernung am Waldrand befindlichen Parkplatz, der durch ein Schild „Durchfahrt verboten" mit dem Zusatz „Für Anlieger frei" für den öffentlichen Verkehr gesperrt war. Stand dort drüben nicht der bewusste Wagen? Zumindest die Farbe stimmte. Wenn Simond mit Telefonieren fertig war, mussten sie das weitere Vorgehen besprechen. Er hatte allerdings noch keine Ahnung, wie sie mit den neuen Sachverhalten umgehen sollten.

Bernd wusste nicht, wie lange er geschlafen hatte, aber er fühlte sich seltsam ausgeruht. Als er versuchte, sich ein wenig zu drehen, bemerkte er, wie sein Rücken leicht schmerzte, was aber auch an der harten Matratze liegen konnte, die er unter sich spürte.
Er versuchte, seine Gedanken zu ordnen. Zu viele Ereignisse der letzten Zeit versuchten, sich gleichzeitig in Erinnerung zu bringen. Doch dann war er sicher. Das Letzte, was er wahrgenommen hatte bevor er einschlief, war ein Zimmer im Krankenhaus, in dem er sich, an medizinische Geräte angeschlossen, befand. Er beschloss, es zu wagen, die Augen zu öffnen.
Nein, das gab es doch nicht, war das Anna? Die Frau, die da am Tisch stand, mit den langen roten Haaren, das musste Anna sein! Hatte er denn die letzten Tage nur geträumt und alles war in Ordnung? Konnte das möglich sein? Die Schulden, die Zwangsversteigerung des Hauses, Annas Neuer, dieser Kunstfutzi, alles nur geträumt. Ach, das Leben konnte so schön sein.
Bernd hob seinen linken Arm und spürte, wie die Armbeuge schmerzte. Er sah die grüne Nadel, die großzügig mit Pflaster in dieser befestigt war. Er versuchte, trotzdem zu winken und Annas Namen zu rufen. Doch seine Zunge fühlte sich merkwürdig schlaff an, als hätte er zu viel getrunken, so dass aus „Anna" „Alla" wurde. Doch das schien die Frau mit den schönen roten Haaren nicht zu stören. Alla drehte sich zu ihm um.
„Guten Morgen, Herr Hausmann. Ich bin Schwester Monika. Wie geht es uns denn, möchten sie frühstücken?"

Die Desillusion machte sich wie ein Kloß im Rachen bemerkbar. Bernd brauchte lange, um sich zu einem „Ja" zu entschließen. Doch mehr als ein „La" gelang ihm nicht.
„Draußen wartet ein Kommissar Schmücker, der möchte sie sprechen, ist das okay für sie?"
Bernd nickte. Die Realität war zurück, und Monika, die von hinten wie Anna aussah, verließ das Zimmer.
„Guten Morgen, Herr Hausmann", Schmücker setzte sich auf einen der unbequemen Stühle, die rechts und links des kleinen Tisches an der kahlen Wand des Krankenzimmers standen, der zur Hälfte mit medizinischen Utensilien belegt war, und betrachtete Bernd aufmerksam.
„Sie müssen nicht mit mir reden, Herr Hausmann, aber wenn ich sie so anschaue, was soll denn sonst noch alles passieren?"
Bernd sah Schmücker schweigend an und überlegte angestrengt.
„Sie können auch ihren Anwalt hinzuziehen, wenn sie wollen, aber ich halte die Anwesenheit dieses Mannes für, sagen wir mal, nicht hilfreich."
Schmücker machte erneut eine Pause und blickte Bernd nun direkt in die Augen, worauf dieser seinen Kopf zur Seite drehte.
„Ich bin, im Gegensatz zu ihrem Anwalt, von ihrer Unschuld überzeugt", fuhr der Kommissar fort.
Bernd atmete tief durch. Er war gedanklich immer noch zu sehr mit der Krankenschwester beschäftigt, die ihn so sehr an Anna erinnerte. Wie hatte denn dieser ganze Schlamassel angefangen? Mit Anna und vor allem damit, dass sie schwanger wurde und er in der Verantwortung stand. Zumindest hatte er sich das eingeredet, wie alles, was mit seiner

Frau zu tun hatte. Doch die Realität war das, wo er sich jetzt befand, im Krankenhaus, mit einem Polizisten, der ihn befragen wollte, und einem Zuhause, wo er nicht mehr hinkonnte, da es zwangsversteigert werden sollte, und das er eigentlich nie gewollt hatte. Die Bilanz seines Lebens war ernüchternd.

Am liebsten hätte er sich im Bett umgedreht und weitergeschlafen, doch dazu war er ganz einfach zu ausgeruht. Doch das Nachdenken über seine Situation saugte die Energie nur so aus ihm heraus. Bernd war verzweifelt.

„Nun gut, Herr Hausmann", Schmücker hatte eine ganze Weile gewartet und seine Taktik überlegt, „wenn sie nicht mit mir sprechen wollen, dann erzähle ich ihnen mal was. Ich habe eine gute Nachricht, ihr Arzt sagt, sie haben gute Chancen, dass von ihren derzeitigen Einschränkungen nichts zurückbleiben wird."

Da keine Reaktion kam, fuhr er fort.

„Wir haben die Kameraaufzeichnungen aus der Bank ausgewertet. Die beweisen, dass nicht sie für die Aktion mit dem Geldautomaten verantwortlich sind. Die Statur des Mannes, der die Farbe auf die Kameras gesprüht hat, passt zwar zu ihnen, das ist allerdings auch die einzige Übereinstimmung. Kein einziges Kleidungsstück, das der Mann auf der Leiter getragen hat, stimmt nach genauerer Prüfung mit den Sachen überein, die sie getragen haben. Außerdem war diese Person, im Gegensatz zu ihnen, völlig fit, will sagen, ohne Alkohol- und Drogeneinfluss."

Er machte eine kurze Pause, doch Bernd schwieg weiter.

„Da müssen sie sich schon was Neues einfallen lassen, um mich zu überzeugen. Sie sind in diesem Fall das Opfer, da bin ich mir sicher. Ach, und dieser Erich Lehmann, mit dem

sie diese, nennen wir es mal Meinungsverschiedenheit, im Gefängnis hatten, der hat sich nicht zu dem Vorfall geäußert. Also, wenn es nach mir geht, sind sie ein freier Mann. Wenn sie wieder gesund sind, können sie von mir aus nach Hause."
Schmücker ließ seine Worte noch etwas wirken, doch Bernd zeigte immer noch keine Reaktion.
„Herr Hausmann", begann er erneut, „da hat ihnen jemand K.-o.-Tropfen ins Bier getan, danach hat man ihnen Hochprozentiges eingeflößt, worin man auch noch Kokain aufgelöst hat. Mal ehrlich, ich habe noch nie gehört, dass jemand freiwillig Kokain oral zu sich nimmt, Herr Hausmann, das wäre mir neu. Da wollte jemand auf Nummer Sicher gehen, dass sie das nicht überleben."
Schmücker wurde langsam wütend. Warum war der nur so stur?
„Sie haben kein Drogenproblem, wie sie uns weismachen wollten. Sie sind auch kein Alkoholiker, diese Tatsachen können wir ihnen alle beweisen. Das wollte ihnen jemand andichten, und zusammen mit ihrer finanziellen Situation hätte das auch ein durchaus stimmiges Bild abgegeben, wenn man sie tot aufgefunden hätte. Mensch, das war ein perfekter Mordanschlag auf sie! Warum schützen sie diesen Menschen?"
Er schüttelte verständnislos den Kopf.
„Ach, und die Geschichte in der Untersuchungshaft, das ist auch noch so eine Sache. Ihr Zellengenosse, der hat keine Anzeige erstattet. Wollen sie das vielleicht tun, Herr Hausmann?"
Schmücker machte wiederum eine längere Pause. Da immer noch keine Reaktion kam, startete er einen letzten Versuch.

„Also, Herr Hausmann, eigentlich dürfte ich ihnen das gar nicht sagen. Aber der Lehmann, mit dem sie diese Meinungsverschiedenheit hatten, der hat einen Sperrvermerk in der Datenbank. Das kann heißen, dass das BKA hier seine Hände im Spiel hat. Oder auch, aber das interessiert sie anscheinend ja eh nicht, mit wem sie es da zu tun haben. Ich wünsche ihnen beim nächsten Zusammentreffen mit einem dieser Leute mehr Glück. Denn das werden sie brauchen. Auf Wiedersehen, Herr Hausmann."

Schmücker stand langsam auf, schob den Stuhl zurück unter den Tisch und ging langsam zur Tür, ohne sich umzudrehen, als er ein leises „Halt, warten sie!", vernahm. Er verzog, für Hausmann unsichtbar, die Mundwinkel zu einem leichten Schmunzeln. Geht doch, ging es ihm durch den Kopf.

Man konnte Simond ansehen, dass ihm überhaupt nicht passte, was er da gerade telefonisch erfahren hatte, doch als Erstes ließ er sich von Nicole auf den neuesten Stand bringen.

„Merde", mehr konnten ihm die Schilderungen nicht entlocken. Simond ließ den Kopf hängen und dachte nach. Wusste dieser Lehmann nicht mehr oder tat er nur so? Dass dieser Typ sich zu der Geschichte, im Gegensatz zu den Fällen in Frankreich, so detailliert einließ, hatte doch nur damit zu tun, dass dies schon verjährt war. Ein schlauer Fuchs, dieser Lehmann. Doch andererseits, Al Capone war damals auch nur wegen Steuerhinterziehung geschnappt worden. Einen Versuch wäre es wert. Er beschloss, mit Moulin und den anderen den neuen Sachverhalt zu besprechen. Die Möglichkeit, diesen Klappblau vielleicht über diese Spur zu kriegen, sollte man nicht ungenutzt lassen. Und wenn in diesem Gelände jemand was finden würde, dann wohl Renard. Simond wartete noch auf die passende Gelegenheit, seine Kollegen über die aktuellen Geschehnisse in Colmar zu informieren. Einerseits freute er sich, dass Renard wieder in ihrem Team mitarbeiten wollte, aber die Umstände, die diesen dazu bewogen hatten, machten Simond wütend, noch wütender, als er eh schon auf dieses ganze rote Netzwerk war. Sie mussten diesen ganzen Sumpf trockenlegen, bevor noch mehr passierte.

Erich war schon wieder eingestiegen und schaute erwartungsvoll aus dem Fenster. Als der Rest keine Anstalten machte, ihm zu folgen, rief er provokant: „Heh, Vopo, was ist los, ich will zurück!"

Wehner war absolut genervt. Vopo, er konnte dieses Wort nicht mehr hören. Was dieser Arsch sich einbildete! Er ging entschlossen auf den Van zu und zog die Tür zu.

„So, jetzt ist Ruhe!", sagte er bestimmt und schaute dabei seine Kollegen einen nach dem anderen an.

Simond atmete tief aus und fing dann an zu reden, während Nicole für Wehner übersetzte.

„Nun, ich hatte gerade einen Anruf von Renard. Folgendes ist in Colmar passiert. In die Pension von Brigitte ist eingebrochen worden. Die Ausarbeitungen für diesen Fall, die ich Renard dagelassen habe, sind verschwunden. Das heißt, dass die jetzt über den aktuellen Stand unserer Ermittlungen Bescheid wissen. Renard hat sich daher entschlossen, uns aktiv zu unterstützen. Brigitte ist damit einverstanden, ihm war es wichtig, dass sie das akzeptiert. Diesen Eingriff in ihre Privatsphäre empfand sie so gravierend, dass sie ganz einfach

möchte, dass die Verantwortlichen zur Rechenschaft gezogen werden. Renard sitzt schon im Auto und ist auf dem Weg hierher."
Er blickte kurz zum Wagen, wo Erich ungeduldig hin und her rutschte.
„Ich würde vorschlagen", fuhr er dann fort, „dass wir den Lehmann abholen lassen und hier vor Ort bleiben, um morgen den neuen Hinweisen nachgehen zu können. Am besten, wir mieten uns hier im Gasthaus ein und regeln das weitere Vorgehen."
Die anderen nickten zustimmend.
„Nicole, kannst du gleich mal in der JVA anrufen, damit die den Transport organisieren? Ich rufe derweil unseren Chef an, damit er mit den hiesigen Behörden klärt, dass wir hier offiziell ermitteln dürfen. Wenn ich richtig informiert bin, steht das Grüne Band unter Naturschutz, das muss alles schnellstens organisiert werden."

„Ich habe Hunger", Bernd hatte den Kopf angehoben und schaute Schmücker fragend an. Dieser nahm den Klingelknopf, der neben dem Bett an einer langen Schnur hing, und drückte ihn. Kurze Zeit später erschien die Schwester mit den langen roten Haaren.
„Wie kann ich helfen?"
„Herr Hausmann hat Hunger."
„Alles klar, super, na, dann wollen wir mal."
Mit einem gekonnten Handgriff stellte sie das Oberteil des Bettes auf und schob einen kleinen Beistelltisch so über das Bett, dass Bernd mit der linken Hand problemlos an die schon vorbereiteten Brote kam.

„Einen frischen Kaffee hole ich ihnen noch", sagte sie kurz und war schon wieder verschwunden. Bernd blickte ihr traurig nach.

„Soll ich noch mal wiederkommen?", fragte Schmücker, „wollen sie erst einmal in Ruhe essen?"

„Ist schon okay, bleiben sie ruhig hier", sagte Bernd sehr langsam.

„Herr Hausmann, ist es in Ordnung, wenn ich unser Gespräch aufzeichne?"

„Klar, machen sie."

Bernd griff auf das Tablett, dass sich vor ihm befand, nahm sich etwas umständlich ein Wurstbrot und biss hinein. Er kaute andächtig, als wäre es das erste Wurstbrot seines Lebens, danach holte er tief Luft.

„Eigentlich wollte ich nur das, was mir zusteht", begann er mit zittriger Stimme.

„Ich wollte doch nur die Zwangsversteigerung von meinem Haus verhindern. Vierzigtausend Euro, das interessiert doch meinen Chef, den Klappblau, gar nicht. Der hat mit seinen illegalen Geschäften so viel verdient. Ich habe ihm dann gesagt, dass ich zur Polizei gehe, und was danach passiert ist, daran konnte ich mich nicht mehr erinnern, als ich da vor der Bank aufgewacht bin. Ich war völlig durcheinander, ich hatte mir zwar überlegt, einen unserer eigenen Geldtransporter zu überfallen, aber einen Bankraub? Nie im Leben."

„Entschuldigung, Herr Hausmann, wann haben sie das mit ihrem Anteil zu ihrem Chef gesagt?"

„Ach, öfter mal. Doch ultimativ und mit der Androhung, zur Polizei zu gehen, an dem Abend, als wir in der Kaffeescheune waren, um ein Bier zu trinken. Als ich vorher Geld gebraucht habe, da hatte er mir diesen Nebenjob verschafft.

Ich bin dann öfter am Wochenende in die Nähe von Liberec gefahren, auf einen Parkplatz, den ich vorher per SMS erfahren habe. Da kamen dann immer zwei Typen und übergaben mir ein Paket. Mein Auftrag war, dieses nach Halle zu bringen, mehr nicht. Die Pakete waren verklebt, ich habe nie reingeguckt, aber ich denke mal, das hatte was mit diesen Päckchen mit dem weißen Pulver zu tun."

„Was genau für Päckchen?", unterbrach Schmücker erneut.

„Das Zeug, was er auch bei unseren Demontagewochen immer verteilt hat. Er hatte nur gelacht, als ich ihn mal gefragt hatte, was das wäre. ‚Die Geheimwaffe von Adolf, da kannst'e ficken wie ein Stier, Junge', hatte er geantwortet. Damit hatte er den Brüller des Abends gelandet. Meine Kollegen haben sich die Schenkel geklopft, auf meine Kosten. Das war meine erste Fahrt auf Montage, als ich dort angefangen habe. Man, war ich da noch naiv und blöd."

Bernd war etwas verlegen und versuchte, sich den Kopf zu kratzen, was er immer in solchen Momenten tat, doch seine rechte Hand versagte ihm noch immer den Dienst.

„Und, wissen sie denn jetzt, was in den Päckchen war?", hakte Schmücker nach.

„Crystal Meth", kam die kleinlaute Antwort, „nach der Wende wurde das in Tschechien produziert. Zu DDR-Zeiten hatte man das, wie ich später erfahren habe, für die Spezialeinheiten der Armee hergestellt. Für Sondereinsätze, wenn die halt nicht schlafen durften, so bei Kommandooperationen. Aber genau weiß ich das alles auch nicht, ich meine, das mit früher."

„Und wohin haben sie hier die Pakete geliefert?"

„In einer Reisetasche in ein Schließfach auf dem Bahnhof. Und den Schlüssel in ein Versteck auf dem Bahnhofsklo.

Danach war die Sache für mich erledigt, ich habe dann montags mein Geld bekommen, in bar, vom Chef persönlich."
Schmücker überlegte fieberhaft.
„Nun gut, Herr Hausmann, aber wegen so ein paar Kurierfahrten versucht doch keiner, sie umzubringen, oder?"
Bernd drehte den Kopf wieder zur Seite, wie zum Anfang ihres Gesprächs, und die gleiche Stille hielt im Raum Einzug.
Nach einer angemessenen Pause versuchte Schmücker es erneut.
„Sind wir noch im Gespräch, Herr Hausmann, oder kann ich gehen? Ich informiere dann die Drogenfahnder, die nehmen ihre Aussage auf."
Bernd bekam erneut Kopfschmerzen. Er hatte den Eindruck, dass sich sein Gehirn verknotete, soviel ging ihm durch den Kopf. Anna, das Haus, vermutlich auch sein Job, alles war weg. Die Demontagewochen waren jetzt seine Chance auf ein neues Leben, wenn es so etwas in seiner Situation überhaupt noch geben konnte.
Er hatte nun realisiert, dass er seine rechte Körperhälfte nicht bewegen konnte. Zwar hatte er gehört, dass die Aussicht bestand, dass sich alles wieder normalisieren würde. Eine Aussicht, mehr nicht.
Plötzlich waren das Haus und seine Geldprobleme nicht mehr wichtig, doch irgendwann würde ihm das alles auf die Füße fallen. Er fasste einen Entschluss.
Es bestand die Möglichkeit dazu, wenn er sich nur traute.
Bernd kannte aber auch seinen Chef und dessen Beziehungen und Kontakte. Gehörte dieser Polizist, der ihn hier verhörte, auch dazu, wie dieser Broska und derjenige, wer auch immer das war, der seine Verlegung im Knast zu diesem

Lehmann in die Zelle veranlasst hatte? Wem konnte er überhaupt noch trauen?
Bernd drehte seinen Kopf spontan wieder zurück und blickte Schmücker direkt in die Augen. In diesem Moment fällte er seine Entscheidung.

Renard war als Letzter aufgestanden. Ihm steckte die lange Autofahrt von Colmar hierher noch in den Knochen, und die Nächte zuvor hatte er ebenfalls kaum ein Auge zugekriegt. Mit aller Akribie seiner langen Berufserfahrung hatte er nach Einbruchsspuren gesucht - und nichts gefunden. In einer Pension war dies auf Grund der ständig wechselnden Personen, die sich temporär dort aufhielten, natürlich ein schwieriges Unterfangen, doch dann hatte er diese Idee gehabt.
Einer der Gäste, die sich in besagter Nacht in der Pension aufgehalten hatten, war laut Melderegister gar nicht existent, das hatten zumindest Renards Nachforschungen ergeben. Der Ausweis, den dieser Mann zur Anmeldung vorgelegt hatte, war zwar augenscheinlich echt gewesen, daran hatte Brigitte keinen Zweifel gelassen. In solchen Dingen war sie sehr genau und aufmerksam. Jedoch war dieser Herr Friedrich in Leipzig gemeldet, in einer Straße, die es zwar gab, welche allerdings bei einer zweistelligen Hausnummer endete, und die dreistellige Nummer, die der Gast angegeben hatte, war demzufolge ein Schwindel.
Renard wusste, so ausgestattet operierten nur Geheimdienste, oder aber, und das fand er wahrscheinlicher, kriminelle Strukturen, die aus ehemaligen Geheimdiensten hervorgegangen waren. Dieser Gedanke war einerseits beängstigend, von der beruflichen Warte aus betrachtet jedoch auch

höchst interessant. Obwohl, interessant war wohl nicht der passende Ausdruck für das, was Simond zugestoßen und zuvor ihnen allen in Hallstatt widerfahren war.

Die alles bestimmende Frage, die sich daraus ableiten ließ, war, was diese ganzen sogenannten Eliten jetzt machten, womit sie heute, Jahre nach dem Zusammenbruch der DDR und des gesamten Ostblocks, ihr Geld verdienten. Einige hatten ohne Zweifel sofort eine neue Anstellung gefunden. Im Sicherheitsdienst des Bundeskanzleramtes beispielsweise, bei den größten Wachschutzfirmen, überhaupt in der ganzen Sicherheitsbranche hätte man nach der Wende „bessere" Leute nicht kriegen können. Aber was war mit denen, die durchs Raster gefallen waren, oder in Ungnade?

Die interessanteste Hypothese hatte allerdings Simond geäußert.

„Der Wechsel ins organisierte Verbrechen ist ganz einfach das Lukrativste überhaupt, und mit den richtigen Kontakten relativ gefahrlos."

Die neue Spurenlage auf dem Grünen Band, die Simond skizziert hatte, war für Renard allerdings mehr von Interesse, das Greifbare, das Logische, das war seine Welt, nicht das asymmetrisch Konspirative.

Renard hatte sich eingelassen, sich weitergebildet über Bits und Bytes, hatte konspirative Ausflüge ins Dark-Net unternommen. Er hatte versucht, mehr über Botnetze und deren Wirkungsweisen zu erfahren – und hatte einsehen müssen, dass er zu alt war für diesen ganzen digitalen Mist.

Aber auch die Experten, die sich mit dem Hackerangriff auf Simonds Laptop beschäftigt hatten und die Verbindungsdaten des letzten halben Jahres, die der Staat freundlicherweise für alle Bürger speicherte, ausgewertet hatten, standen vor einem Rätsel. Die herkömmlichen Methoden, den Ursprungsserver ausfindig zu machen, über den die Viren und Trojaner eingeschleust worden waren, hatten schlichtweg versagt, es war einfach nicht möglich.

Renard kam es jetzt sehr entgegen, das tun zu können, was er am besten vermochte, schöne, einfache, ehrliche Spurensicherung. Simond hatte gestern noch alles organisiert, heute nach dem Frühstück sollte es losgehen. Die Platten an der von diesem Lehmann beschriebenen Stelle würden gehoben werden, und dann würde man weitersehen.

Aber nun verspürte er erst einmal Lust auf ein Frühstück und blickte aus dem Fenster. Die anderen hatten sich schon an einem schattigen Tisch unter diesem schönen alten Baum im Biergarten versammelt, der mit seinen alten, traditionellen Biergartenstühlen und -tischen diesen unvergleichlichen Charme versprühte, den er nach Hallstatt, wo ihre abendlichen Besprechungen im Gastgarten vor der alten Brauerei stattgefunden hatten, so vermisst hatte.

Er hatte zwar versucht, Brigitte zu überreden, für ihre Pension ebenfalls solche Garnituren zu besorgen, allerdings ohne Erfolg. Sie fand die in Frankreich allgegenwärtige Plastikbestuhlung praktischer.

Die Mimik von Moulin und Simond beendete seine Nachdenklichkeit. Beide sahen sehr besorgt aus. Nicole war aufgestanden und telefonierte, und Wehner tat das, was er am besten konnte, er strahlte Ruhe aus. Dies war jedoch möglicherweise dem Umstand geschuldet, dass er sowieso nichts von der Unterhaltung verstand. Er strich sich genüsslich über den Bauch und schien zu überlegen, ob er noch eines der reichlich vorhandenen Brötchen zu sich nehmen sollte.

Renard schloss das Fenster und ging zu den anderen nach unten.

„Der ist weg", wurde er von Simond begrüßt.
„Wer ist weg?", fragte Renard verdutzt.
„Der Lehmann ist weg. Die Beamten, die ihn abgeholt haben, haben ihm doch tatsächlich die Handschellen abgemacht, als er pinkeln musste. Zum Dank hat er die beiden so verschnürt, dass sie sich eben erst befreien und Alarm geben konnten. Der ist doch jetzt sicher schon über alle Berge, ces imbéciles! Wollen wir einfach nur hoffen, dass wir hier nicht für umsonst sind und der Lehmann sich jetzt darüber kaputtlacht, wie schön er uns verarscht hat."
„Möglich, aber ich glaube, das ist unwahrscheinlich", entgegnete Renard, „dass die zwei Polizisten so blöd sind, konnte er ja nicht ahnen."
„Ich denke, wir sind hier richtig", mischte sich Moulin in die Unterhaltung ein, „wir fahren doch nicht den halben Tag und dann verarscht der uns. Das hätte der irgendwie auch früher arrangieren können. Und dieser Anschlag auf uns mit dem Laserpointer, das wusste der auch nicht, sonst hätte er anders reagiert."
„Lange Rede, kurzer Sinn", konstatierte Renard, „Nicole, sagst du bitte Wehner, dass er sich um die Firma kümmern soll, die mit dem Bagger die Platten heraushebt. Ich würde mir gerne mal den Kellerraum der Burg ansehen und die Aussage mit den Folterinstrumenten überprüfen."
„Okay, kurz frühstücken und dann kann es losgehen", stimmte Simond zu.
Als Nicole ihr Telefonat beendet hatte, wies sie Wehner, der immer noch kräftig am Frühstücken war, in die besprochene

Arbeitsteilung ein. Sie selbst wollte sich mit Moulin und Simond in der Burg umsehen, und Renard würde dort nach den Baggerarbeiten den Folterkeller untersuchen. Kurz nachdem alle Arbeiten verteilt waren, erschien der Kleinlaster der Baufirma mit einem Minibagger auf der Ladefläche und hielt vor dem Flusenhof.

„Okay", sagte Bernd, „ich sage aus. Aber dann brauche ich Schutz. Wenn Klappblau erfährt, dass ich ihn verraten habe, dann bin ich wirklich tot."
Schmücker schaute Bernd verwundert an.
„Herr Hausmann, auf die Gefahr hin, dass ich mich wiederhole, meiner Meinung nach waren das bereits zwei Mordversuche an ihnen."
„Nicht ganz", erwiderte Bernd verlegen, „ich brauche die Zusage, dass wegen dieser Sache im Knast nichts auf mich zukommt. Und außerdem", Bernd holte tief Luft, „keine Schulden mehr, und ich will nochmal irgendwo neu anfangen, unter anderem Namen."
„Also, Herr Hausmann, das ist ja nicht gerade wenig. Ich weiß nicht, ob ich das alles für sie durchkriege, dazu müsste ich erstmal wissen, was sie …"
Bernd fiel Schmücker ins Wort.
„Nee, so rum läuft gar nichts. Glauben sie mir, das, was ich weiß, ist jeden Cent wert!"
„Gut, Herr Hausmann, ich muss zuerst telefonieren. Ich muss dazu den Staatsanwalt befragen. Aber versprechen kann ich ihnen nichts."
Schmücker schaltete das Diktiergerät ab, steckte es ein und verließ das Krankenzimmer.

Bernd ging in diesem Moment sein ganzes Leben durch den Kopf. Er war unheimlich aufgeregt und versuchte erneut, seinen rechten Arm zu bewegen. Funktionierte immer noch nicht.
Bernd hatte nie in seinem Leben gelernt, genügsam zu sein, sich mit Gegebenheiten abzufinden. Gut, seine Ringerkarriere, das war damals schon ein Moment gewesen, wo er lernen musste, mit Ablehnung klarzukommen. Die Alternative, das Café seines Vaters zu übernehmen, war ihm allerdings so reizvoll erschienen, dass er auch damit zurechtgekommen war. Dann die Wende, das war ein Einschnitt für alle gewesen, deswegen konnte er das in seiner Bilanz des Gelingens und, meist unverschuldetermaßen, Misslingens, nicht mitzählen. Dann war Anna aufgetaucht, die Liebe, die ihn zur Verzweiflung brachte, und dieses scheiß Haus, welches er ihr zuliebe gekauft hatte. Anna war der Anfang allen Missgeschicks gewesen. Ihr wie selbstverständlich eingeforderter Konsum: „Wenn du nicht bezahlst, ich finde schon jemand!" Sie hatte diesen Satz zwar nie ausgesprochen, aber er hatte ihn tausendmal gehört.
Anna nie wiederzusehen wäre vielleicht das Beste, was ihm passieren könnte, wenn der Deal mit Schmücker klappte. So, wie er jetzt hier lag, hatte er diesen Deal verdient.
Ein kurzes Klopfen ertönte, dann ging die Tür auf und wie ein schlechtes Omen betrat die Frau das Zimmer, die Anna zum Verwechseln ähnlich sah und mit dem gleichen Selbstverständnis Forderungen stellte, als sie die neue Infusion anhängte.
„So, Herr Hausmann, wie geht es uns denn heute? Das mit ihrer rechten Körperhälfte müsste nun aber langsam besser werden."

Jetzt sah Bernd rot, die Farbe ihres Haares, exakt dieselbe, die Anna immer benutzt hatte, die eigentlich blond war.
„Wie's uns geht? Ihnen sicherlich besser als mir, sie blöde Kuh!", Bernd hatte schon die Lippen für diesen befreienden Satz geformt, doch heraus kam nur: „Gut, gut geht's mir, danke."
Diese Haarfarbe hatte ihn ein weiteres Mal hilflos gemacht.
Bernd war fast erleichtert, als die Schwester ihre Arbeit verrichtet hatte und Kommissar Schmücker quasi die Klinke in die Hand gab.
„Okay, Herr Hausmann", begann Schmücker, dann bemerkte er, dass Bernd genervt war.
„Ist alles in Ordnung mit ihnen?"
„Mittlerweile ja", antwortete dieser und deutete zur Tür, durch welche die Schwester gerade verschwunden war.
Schmücker verzichtete darauf, weiter nachzufragen, er wollte den Faden nicht verlieren, und fuhr in seinem Satz fort.
„Also, der Staatsanwalt ist zwar nicht begeistert, aber sie haben seine Zusage. Ihr Zellengenosse wollte ebenfalls einen Deal und ist dann bei einem Ortstermin verschwunden."
„Was für ein Ortstermin, wo denn genau?", fragte Bernd verdutzt.
Schmücker überlegte einen Moment, ob er diese Information weitergeben konnte, bevor er antwortete.
„Burg Hanstein, sagt ihnen das vielleicht etwas?"
Bernd wurde nervös. Er bemerkte, wie die Anspannung in seinem Körper immer größer wurde und dass er seine rechte Körperhälfte wieder etwas spüren konnte.

Schmücker nahm den erstaunten Gesichtsausdruck war und ging aufs Ganze. Er musste die Zusage nicht aufrechterhalten, wenn dieser Hausmann genau dieselbe Geschichte für sich nutzen wollte wie Lehmann.

„Nun, Herr Hausmann, wenn sie auf die sterblichen Überreste der vermissten Frau unter dem Kolonnenweg anspielen wollen, dann können sie den Deal vergessen. Die sind mittlerweile sichergestellt."

Da entspannte sich Bernd schlagartig und musste schmunzeln. Er konnte sich nicht erinnern, wann er sich das letzte Mal so relaxt gefühlt hatte.

„Nö, darum geht es mit Sicherheit nicht", er lachte laut.

„Dass der auch Menschen auf dem Gewissen hat, das kann ich mir gut vorstellen, davon weiß ich allerdings nichts. Aber es wird mit Sicherheit nicht das erste Mal gewesen sein, dass er so was in Auftrag gegeben hat. Dass der sich selbst die Hände schmutzig gemacht hat, das muss schon lange her sein. Bei mir war es der Broska, der den Auftrag übermittelt hat."

„Wie, der Anwalt?"

„Ja, genau der. Der hat mir das Angebot von Klappblau unterbreitet. Wenn ich den Lehmann in meiner Zelle kaltmache, dann sind meine Schulden Geschichte. Broska hat auch noch von einer zusätzlichen Haftentschädigung geredet, und dass er das als Notwehr durchkriegt. Dieser Lehmann hätte alte Kameraden verraten, der muss weg, um den ist es nicht schade, das waren seine Worte."

„Habe ich das richtig verstanden, sie sollten Lehmann umbringen?"

„Ja, das sollte ich, und glauben sie mir, ich bin echt froh, dass das nicht geklappt hat."

Bernds Lachen war verschwunden und seine Miene hatte sich versteinert.

„Sie haben doch gesagt, dass der keine Anzeige gemacht hat und somit nichts gegen mich vorliegt?"

„Genau, Herr Hausmann, und dabei bleibt es auch, aber damit können wir den Deal mit dem Staatsanwalt vergessen, denn da muss schon ein wenig mehr kommen. Wenn wir den Anwalt damit konfrontieren, sie können sich vorstellen, was dann passieren wird. Aussage gegen Aussage ist das Geringste, was wir von denen zu hören bekommen. Das ist ihnen doch wohl klar."

Bernd schwieg eine Weile. Er schluckte den Speichel, der sich in seiner Mundhöhle gesammelt hatte, runter. Er merkte, dass er wieder nervös wurde.

„Na gut, Herr Kommissar. Sie haben doch von dem Computervirus gehört, der vor kurzem massiv Rechner infiziert und verschlüsselt hat?"

„Ja, daran kann ich mich gut erinnern."

Schmücker kratzte sich die Kopfhaut, eine Aussage in dieser Richtung hatte er nicht erwartet.

„Da sind auf dem Bildschirm zwei sich grüßende Hände erschienen, wie auf den alten SED-Parteiabzeichen. Unsere Abteilung für Cyberkriminalität hat darüber jede Menge Anzeigen reinbekommen", antwortete er interessiert.

„Ja, genau, und darunter stand ‚Aranea'. Sagen sie dem Staatsanwalt, ich weiß, wer dafür verantwortlich ist und wie sie das machen. Und dann will ich eine schriftliche Zusage, danach reden wir weiter."

Renard hatte nun schon den zehnten Knochen in Augenschein genommen, den sie nach dem Entfernen der mit Löchern perforierten Betonplatten in etwa zehn Zentimetern Tiefe gefunden hatten.

„Also", sagte er nachdenklich, „ich bin zwar kein Pathologe, aber nach all meiner Erfahrung könnte es das Skelett einer Frauenleiche sein, so um die achtzehn bis fünfundzwanzig Jahre. Vor allem der Beckenknochen deutet darauf hin. Allerdings sind die Knochen in einem miserablen Zustand. Sie sind dermaßen perforiert und an manchen Stellen durch eine Art Lochfraß vollständig vernichtet, dass ich mir nicht sicher bin, ob wir daraus noch DNS gewinnen können. Jedoch", Renard nahm den Schädel in die Hände, stand auf und hielt ihn Moulin und Simond entgegen, die mittlerweile von der Besichtigung der Burg zurückgekehrt waren, „schaut euch das mal genauer an."

Er hielt den Schädel so, dass sie die Zähne betrachten konnten.

„Ein durchaus gepflegtes Gebiss, es fehlte nur der rechte Schneidezahn, und der wurde durch einen Stiftzahn ersetzt. Durch die Behandlung in einem Säurebad oder ähnlichem ist der Zahnstatus wahrscheinlich auch nicht mehr eindeutig zu bestimmen, bis, ja, bis auf diesen Stiftzahn. Da hat sich einer richtig Mühe gegeben und diesen Zahn optisch perfekt an den Nachbarzahn angepasst, der, wie noch erkennbar ist, ebenfalls zwei Riefen aufweist, exakt in der gleichen Höhe. Solch eine Arbeit war, wenn die Annahme stimmt und diese Frauenleiche aus den Achtzigern stammt, ein ungewöhnlich aufwendiges Werkstück, noch dazu für den Ostblock. Wenn wir Glück haben, ist der Zahnarzt noch am Leben und liest Fachmagazine, in denen ich diese Arbeit mit der Bitte um

Bekanntgabe des dazugehörigen Namens veröffentlichen werde."

Die drei Franzosen standen im Kreis und betrachteten interessiert den Schädel, Simond nickte zustimmend. Dann hielt er Ausschau nach Nicole, die sich nach ihrer gemeinsamen Inspektion der Burg von ihm und Renard getrennt hatte. Sie hatte sich dort noch weiter umsehen wollen, was immer das heißen sollte. Simond vermutete, dass sie wieder heimlich mit ihrem neuen Freund telefonieren wollte. Er blickte zu Wehner, der in einiger Entfernung noch immer mit dem Baggerfahrer im Gespräch war.

Wehner war gebannt von seiner Unterhaltung mit Joachim, dem Baggerfahrer, der seiner Erzählung nach selbst aus diesem Dorf stammte und daher einiges über die vergangenen Zeiten berichten konnte.

„Meiner Meinung nach ist das, was ihr hier gefunden habt, noch die geringste Überraschung. Wer weiß, was hier unter dem Grünen Band noch alles zum Vorschein kommen würde, wenn man mal den gesamten Grenzverlauf unter die Lupe nehmen würde", so dessen Fazit.

Wehner ging völlig auf in diesen Geschichten, die er aus leidvoller Erfahrung selbst kannte aus seiner Zeit in Schraplau, damals, beim Bau der mysteriösen Garagen. Aber dass ein Mann kurz vor seiner Hochzeit verhaftet wurde unter dem fadenscheinigen Vorwand, er wolle seine Flucht vorbereiten, das war dann doch noch ein Zacken schärfer. Jedermann hatte gewusst, so zumindest nach Aussage von Joachim, der nach einigem Zögern zugab, dass er selbst der Betroffene gewesen sei, dass der Oberst, der diesen Grenzabschnitt hier befehligt hatte, scharf auf seine zukünftige Braut gewesen war. Die hatte ihm eines Abends in Tränen aufgelöst berichtet, dass dieser Mensch sie nach ihrer Schicht im Flusenhof, wo sie in der Näherei Uniformen anfertigte, in einen Abstellraum gezogen hatte. Dort habe er sie dann auf ein altes, viel zu kleines Bett geworfen und ihr gesagt, dass darin schon der Goethe geschlafen habe und er jetzt Liebe mit ihr machen würde. Sie solle ihren Dorftrottel endlich vergessen. Für einen Moment hatte sie geglaubt, er wolle sie vergewaltigen, doch dann hatte er mit dem Spruch: „Wer nicht will, der hat schon", von ihr abgelassen. Einen Tag später war Joachim dann verhaftet worden.

Wehner hörte sich noch gespannt die Geschichte über die wilden Partys oben auf Hanstein an, und als er Joachim fragte, woher er das alles wisse, antwortete der Baggerführer: „Wer davon nichts wusste, der muss blind und taub gewesen sein."

Dann machte er sich auf den Weg zu seinen Kollegen, die in einiger Entfernung im Kreis standen, ein Stück des Skelettes begutachteten und gespannt Renard zuhörten.

„Ich werde auch versuchen, in den Knochen DNS isolieren zu lassen. Nach Aussage von Lehmann war sein Mittel ja nicht vollständig, aber ich habe wenig Hoffnung", sagte dieser gerade, als Wehner eintraf.

„Hoffen wir, dass wir Glück haben", erwiderte Moulin nach Renards erstem Sachstandsbericht, dem er aufmerksam zugehört hatte, dann fügte er seine Erkenntnisse hinzu.

„Oben auf der Burg entspricht auch alles den Schilderungen Lehmanns, was diese Folterkammer betrifft. Allerdings ist es nach so vielen Jahren und Besuchern der Räumlichkeiten ausgeschlossen, dort noch Hinweise zu finden."

„Okay", resümierte Simond, „dieser Lehmann hat also anscheinend die Wahrheit gesagt. Aber warum haut der dann ab? Vor allem mit der Zusage des Staatsanwaltes in der Tasche?"

„Keine Ahnung", Moulin zuckte mit den Schultern.

„Ich habe oben auf der Burg noch etwas Merkwürdiges gefunden."

Die Männer drehten sich um, sie hatten gar nicht mitbekommen, dass Nicole mittlerweile hinter ihnen stand.

„Was meinst du mit merkwürdig?"

„Das muss ich euch zeigen", erwiderte sie aufgeregt, „da stimmt was nicht! Das erinnert mich an Schraplau!"

„Schraplau?", Wehner war elektrisiert.

„Werdet ihr gleich sehen, kommt mit!"

„Halt!", rief Wehner „der Baggerführer will wissen, ob er die Platten wieder drauflegen kann."

Alle schauten sich an.

„Warum nicht?", entgegnete Simond, und alle nickten zustimmend.

„Lasst uns die Kiste mit den Skelettteilen in den Transporter legen und verschließen, würde ich vorschlagen. Und dann sehen wir uns an, was Nicole da gefunden hat", schloss Simond die kleine Besprechung ab.

Als sie sich auf dem Weg zur Burg befanden, hatte niemand außer Wehner wirklich ein Auge übrig für die schöne alte Kirche neben dem recht steilen Pfad. Als sie näherkamen, nahm der Mann am Einlass die Füße in die Hand. Hatte er beim ersten Zusammentreffen noch ein langes Überzeugungsgespräch auf sich genommen, dass auch Personen von Europol, selbst wenn sie sich im Dienst befänden, nicht kostenlos auf die Burg kämen, bis ihn Nicole davon überzeugt hatte, dass er mit Konsequenzen rechnen könne, wenn er ihre Ermittlungsarbeiten behinderte, so suchte er jetzt einfach den Weg des geringsten Widerstandes und ging aufs Klo. Was den fünfen die Möglichkeit bot, unbehelligt am Einlass vorbeizukommen.

Nicole war kurz unschlüssig und überlegte, welchen Weg sie einschlagen sollte. Nachdem sie den Kopf wechselseitig in beide Richtungen gedreht hatte, entschied sie sich für die linke Seite, um durch ein seitliches, schon recht mit Efeu zugewachsenes Tor auf eine mit Rasen und Bäumen bewachsene Unterburg in Richtung Burgbrücke zu gelangen. Als Simond und Moulin wie selbstverständlich Kurs zum Brückenaufgang nahmen, rief Nicole sie zurück und deutete unter die Brücke.

„Was meinst du?", Simond zuckte mit den Schultern.

„Ja, genau da unter der Brücke, da müssen wir hin. Ich habe dort so einen Trampelpfad entdeckt, als ich vorhin zu euch gelangen wollte, dem bin ich aus reiner Neugier gefolgt, und jetzt schaut euch selbst an, was ich gefunden habe."

Sie wies nochmals in die Richtung und lief voran. Nach circa dreißig Metern waren sie unter dem gemauerten Bogen der mittelalterlichen Brücke angekommen. Vor ihnen waren zwei stabile, allerdings schon recht verrostete, perfekt der Krümmung des Mauerwerks angepasste Eisentore zu sehen, die mit einem nagelneuen, sehr sicheren und hochpreisigen Einbauschloss abgesperrt waren. Zusätzlich waren noch zwei massive Riegel mit ebenso massiven Vorhängeschlössern angebracht.

Wehner war der Erste, der das kollektive Schweigen beendete.

„Entzückend", brummelte er vor sich hin und rieb sich die Glatze.

„Das scheint mir wieder ein Fall für meinen Kumpel Willi zu sein, ihr wisst schon, der vom Schlüsseldienst", sagte er schmunzelnd und blickte in die Runde.

Bernd hatte sich an die Aufmerksamkeit, die er nun bekam, nur langsam gewöhnt. Das Frühstück, welches er in der Rehaklinik erhielt, war schon deutlich besser als das im Krankenhaus, ebenso die anschließende Krankengymnastik. Die rothaarige Krankenschwester, die ihn so an Anna erinnert und ihn auf unerklärliche Art und Weise blockiert hatte, vermisste er ebenfalls nicht. Die Polizisten, die vor seinem Zimmer postiert waren und die ihn auch zu den Anwendungen begleiteten, gehörten nach kurzer Zeit wie selbstverständlich dazu.

Einmal pro Tag ging Bernd aber immer noch zu dem Schließfach, das sich im Schrank seines Zimmers befand, und schaute sich den Vertrag mit dem Staatsanwalt an, den beide unterschrieben hatten. Einerseits um zu überprüfen, ob dieser noch da war, zum anderen, um sich einige Passagen wieder und wieder durchzulesen.

Bernd, der nach seiner Aussage Holger heißen würde, war schuldenfrei. Er hatte sich als seine neue Heimatstadt Hamburg ausgesucht. Seine Wohnung lag in einem hippen Stadtteil und auch der Rest seiner Biografie war stimmig zusammengestellt. Er würde, wenn das hier alles gut ausging, ein komplett neuer Mensch sein. Auch damit musste er sich beschäftigen. Abend für Abend lernte er sein neues Ich, das sich tabellarisch auf mehreren Blättern in einem schmucklosen Schnellhefter befand, auswendig.

Aber das Spannendste an seiner neuen Situation waren seine täglichen Unterhaltungen mit den Leuten von Europol und

dem BKA. Die bunte Zusammenstellung, vor allem diese drei Franzosen, die ständig alles von einer hübschen jungen Frau vom BKA übersetzt bekommen mussten, das war schon etwas gewöhnungsbedürftig, aber unterhaltsam.
Bernd hatte sich einen Notizblock kommen lassen und machte mehrfach am Tag Notizen. Wie lange das alles schon her war. Ein viertel Jahrhundert, als er bei der Firma Elektron angefangen hatte. Später dann sein Wechsel zu Secur, der Wachschutzfirma, die ebenfalls Klappblau gehörte, der nun, wie Bernd inzwischen erfahren hatte, weltweit zur Fahndung ausgeschrieben werden würde, sobald die konzertierte Aktion anlief, die Ende der Woche geplant war.
Doch Bernds größtes Problem war die Erinnerung an die berüchtigten Demontagewochen. Er hatte versucht, diese Zeit zu verdrängen, und nun waren genau diese Aktivitäten und Kontakte so wichtig für die Ermittler.
Einfacher war es ihm gefallen, die einzelnen Gebäude und Schaltkästen aufzulisten und sie zusammen mit einem Geografen auf einer Deutschlandkarte einzutragen. Was dabei herauskam, als man die einzelnen Punkte, die sich immer zahlreicher nach seinen Erinnerungen ergaben, miteinander verband, war die Abbildung eines Netzes, besser noch, eines Spinnennetzes, das ganz Ostdeutschland ausfüllte und in Teile der Tschechischen Republik hineinragte. Und immer mehr kristallisierte sich ein Standpunkt heraus, in dem die meisten Fäden oder Verbindungen auf der Karte zusammenliefen und an den sich Bernd immer klarer erinnerte.
Sein erster Arbeitstag, an dem er mit seinem Kollegen Thorsten am Töpferplan in Halle an der Saale den Keller unter diesem Kino LaBum gesichert hatte. Wie sich dabei herausgestellt hatte, befand sich dort eine Druckerei, die zum

größten Teil Aufträge für das MfS ausgeführt hatte. Diese riesige Wand mit Schalterschränken, Bernd erinnerte sich ganz genau. Der bleibende Eindruck, den schon die alten Druckereimaschinen hinterließen, nachdem sie den Kellerraum betreten hatten. Auch der Nebenraum mit dem gelbschwarzen Hinweisschild an der Tür, „Elektrischer Betriebsraum", war ihm noch deutlich im Gedächtnis. Ihre Sicherungsmaßnahmen des Schaltraums hatten den Schlosswechsel sowie den Einbau einer sicheren Außentür des Kellers umfasst.

Einmal war während ihrer Arbeit dort sein Chef aufgetaucht, hatte mit einem breiten Grinsen im Gesicht einen der Schaltschränke geöffnet.

„Diese dämlichen Westidioten", hatte er genüsslich gesagt, „tja, wir hatten damals kein Buntmetall. Kupfer war halt teuer, kostete Valuta. Aber unsere Fernmeldetechniker und Ingenieure haben sich was Geniales einfallen lassen. Sie haben berechnet, dass, wenn wir Glasfaserkabel, das wir zum einen sogar selbst herstellen können, benutzen würden, auch noch die Übertragungsgeschwindigkeit um ein Vielfaches höher sei. Und heute soll das alles wieder gegen Kupfer ausgetauscht werden. Idiotisch, was?"

Dann hatte er noch hinzugefügt: „Achtet drauf, spätestens in zehn bis zwanzig Jahren wird dann wieder das Kupfer rausgerissen und Glasfaser verlegt. Ich bin doch nicht blöd, das bleibt alles drin! Wir vernichten die alten Fernmeldepläne und lassen uns die nichtausgeführte Entfernung und Entsorgung gut bezahlen. Wer weiß, wofür wir das alte Rote Netz noch gebrauchen können."

Nachdem Bernd diese Erinnerungen zu Protokoll gegeben hatte, malte er in die Deutschlandkarte, auf der sich nach und nach das gesamte alte DDR Telefonnetz abbildete, auf den Standort Halle eine Spinne, und die Illusion war perfekt.

Auch zu den Demontagewochen fielen ihm nach und nach immer mehr Details wieder ein. Sein schlechtes Gewissen gegenüber Anna. Denn eigentlich waren diese Wochen eine einzige Party gewesen.

Meist war es in die Tschechische Republik gegangen. Diese Straße von Dresden nach Prag, „das größte Bordell Europas" wurde die E 55 mittlerweile genannt, und Klappblau hatte anscheinend von Demontagewoche zu Demontagewoche mehr Kontakte in der Vergnügungsbranche, wie er diese immer lächelnd genannt hatte. Er war immer unterwegs gewesen, zu „Geschäftsgesprächen", während Bernd und seinen Kollegen im Etablissement der Woche alles kostenlos zur Verfügung stand.

„Die Demontagewoche ist ein Bonus für eure Loyalität und Kameradschaft", hatte er lächelnd und bestimmt auf seine ganz besondere Art Bernd vor Beginn der für ihn ersten Woche unmissverständlich klargemacht. So im Schnitt war Bernd einmal pro Monat dabei gewesen. Später weniger, als Bernd dringend Geld gebraucht hatte und die Kurierfahrten für ihn noch wichtiger geworden waren.

„Bernd!", rief die junge Frau, die in den letzten Wochen dafür zuständig gewesen war, Holger auf genau solche Situationen vorzubereiten, jemand kommt unvermittelt auf ihn zu und redet ihn mit seiner alten Identität an.

Doch Holger Hübner reagierte weder verbal noch nonverbal, wie ihn die junge Frau immer in Psychologendeutsch auf die möglichen kommenden Fettnäpfchen seines neuen Lebens vorbereitet hatte.

„Prima, Holger", kommentierte sie seine ausgebliebene Reaktion und trat vor ihn. Sie hieß Gisela, war Psychologin und betreute ihn seit einiger Zeit.

„Ich glaube, wenn die Verbände ab sind und alles gut verheilt, können wir es riskieren, dich auszuwildern."

Holger versuchte zu lächeln, ließ es aber sofort wieder sein, zu sehr spannten die Verbände an seiner Nase und den Ohren. Noch verbargen sie das Ergebnis der plastischen Operationen an den durch die Ringerkarriere in seinem früheren Leben verunstalteten Körperteile.

„Wann genau kommt denn der Verband runter?", wollte Gisela wissen, die ein fast schon freundschaftliches Verhältnis zu Holger entwickelt hatte. Sie war beeindruckt, mit welcher Willensstärke dieser Mann sich ins Leben zurückgekämpft hatte. Die Folgen seines Schlaganfalls hatte er durch harte Arbeit bei der Reha vollständig überwunden. Er hatte es geschafft, weitere dreißig Kilo abzunehmen. Sie erinnerte sich noch genau, wie stolz er war, keine Beta-Blocker mehr nehmen zu müssen. Durch die vielen Gespräche mit ihm und das daraus resultierende wachsende Vertrauen hatte er ihr einmal erklärt, dass er seit der Einnahme dieses Medikamentes sexuell quasi nicht mehr funktionierte, aus seiner Sicht auch ein Grund dafür, dass das mit Anna in die Brüche gegangen war.

Auch diese Beziehung hatte Gisela mit ihm aufgearbeitet. Alles musste getan werden, damit Holger nicht in Versuchung geriet, mal in seinem alten Leben vorbeizuschauen.

„Heute noch", antwortete Holger, „heute kommen die an Nase und Ohren runter. Die am Bauch muss ich wohl noch eine Weile tragen."

Er schaute zufrieden an sich herunter. Gefühlt hatte er seit fünfunddreißig Jahren nicht mehr so einen flachen Bauch gehabt. Da seine Haut nur noch so rumgehangen hatte, waren die überschüssigen Hautlappen chirurgisch entfernt worden.

Holger bekam all diese Operationen ohne Wenn und Aber, so umfassend wichtig waren die Erkenntnisse, welche die ermittelnden Behörden aus seinen Aussagen ziehen konnten. Der Termin für die konzertierte Aktion wurde allerdings immer weiter verschoben, die Gründe dafür nannte man ihm natürlich nicht. An Holgers Informationen konnte es nicht liegen, die Gespräche waren beendet, die Ermittler hatten alles, was sie brauchten.

Die Zeit bis zum Einsatz musste Holger zusammen mit seinen Bewachern noch in der Klinik verbringen. Erst danach würde er nach Hamburg können, in seine neue Wohnung. Holger hatte sie schon einrichten lassen. Er suchte im Katalog die Möbel und elektrischen Geräte aus. Alles wurde geliefert, angeschlossen und ihm danach auf Fotos präsentiert. Holger war mittlerweile sehr neugierig auf sein neues Zuhause.

Auf die Arbeit im Containerterminal in Hamburg freute er sich ebenfalls. Wenn das „Go" endlich käme, würde die Hafenbehörde eine Stellenanzeige ins Netz setzen und die Bewerbungsunterlagen, die Holger mit Gisela erstellt hatte, gingen postalisch auf den Weg. So war auszuschließen, dass da irgendwelche Fragen auftauchten, wenn eine so gut dotierte Stelle im öffentlichen Dienst ohne Bewerbungen, die der Entgeltgruppe angemessen waren, vergeben würde. Seine ganze Vita ließ keinen Zweifel daran, dass Holger für diese Stelle mehr als geeignet war.

Es war an alles gedacht. Alles war mit Akribie vorbereitet, ausnahmslos von Beamten, die schon mehrere Zeugen erfolgreich in Schutzprogrammen untergebracht hatten. Alles war perfekt. Holger fieberte dem Termin des für ihn erlösenden konzertierten Einsatzes entgegen, dem Startschuss in sein neues, freies Leben, ohne seine alten Probleme.

Er konnte das Resultat der Operationen selbst nicht so ganz glauben, wenn, ja, wenn es überhaupt jemals einen Bernd gegeben hatte, der seine Probleme auch in sich hineingefressen hatte, dann war das auf keinen Fall der Typ, der ihn aus dem Spiegel anblickte. Seine mehrfach gebrochene Nase, breit und gnubbelig, war jetzt schlank und wohlgeformt, auch die vernarbten Ohren, die ihn selbst immer am meisten gestört hatten, waren nun gut geformt, als hätte er diesen Sport nie betrieben.

Holger war begeistert, diese Verwandlung hatte es als letztes i-Tüpfelchen gebraucht. Die Souveränität, die nötig war, um in ein völlig neues Leben zu schlüpfen, wurde dadurch erst zur Gänze aktiviert. Nun war es ihm endgültig möglich, das, was er sagte, auch zu denken.

Er stand nun schon eine gefühlte Ewigkeit vor dem Spiegel im Bad seines geräumigen Einzelzimmers der Klinik, der er langsam überdrüssig wurde, als ihn die Stimme des Nachrichtensprechers des eingeschalteten Fernsehers aufhorchen ließ.

„In einer konzertierten Aktion des BKA in Zusammenarbeit mit Europol wurden in den ostdeutschen Bundesländern sowie in Teilen der Tschechischen Republik circa zweihundert Objekte durchsucht, die ins Visier der Fahnder geraten waren. In den Gebäuden befanden sich Server, die über das alte,

eigentlich nicht mehr existente Telefonnetz der DDR zu einem Netzwerk zusammengeschlossen waren, das unter anderem für die letzte Cyberattacke namens ‚Aranea' verantwortlich gemacht wird. Das Bundesamt für Sicherheit in der Informationstechnik teilte mit, dass der Zugriff im Zusammenhang mit einem erneuten Erpressungsversuch von Krankenhäusern und Energieversorgungsunternehmen stattfand. Weitere Einzelheiten erfahren sie in einem Spezial nach unserer Sendung. Die nachfolgenden Sendungen verschieben sich um zehn Minuten."
In dem nachfolgenden Beitrag wurde ein recht aktuelles Foto von Heinz Klappblau eingeblendet, der als Chef der Firmen Secur und Elektron als Verantwortlicher benannt und weltweit zur Fahndung ausgeschrieben wurde.
„Endlich geht es los", ging es Holger durch den Kopf und er bekam eine Gänsehaut.

Moulin und Simond schauten sich ungläubig an. Sie waren gerade das erste Mal durch diese unscheinbare Kellertür gegangen, die zu dem von seinem äußeren Anschein her abrissreifen Haus gehörte, welches mitten in der Altstadt von Halle/Saale stand. Unweit davon befand sich die ehemalige Vorzeige-Einkaufsstraße, der Boulevard, der seine besten Tage auch schon hinter sich hatte, aber in direktem Vergleich zu diesem anscheinend maroden Haus sahen sie hier zwei völlig verschiedene Welten.
Auch rundherum schmückte sich der Töpferplan mit frisch sanierten Gründerzeithäusern. Selbst der so lange vernachlässigte Stadtgottesacker hatte seinen DDR-Dornröschenschlaf überwunden. Alles schien in der neuen Zeit angekommen zu sein, außer dieses alte Industriegebäude, das zu

DDR-Zeiten einmal eine Druckerei beherbergt hatte. Normalerweise wäre solch ein Haus in dieser Lage schon längst der Abrissbirne zum Opfer gefallen. Doch hier war das anders.

Das Objekt, das sie gerade betraten, war in seiner neuen Funktion durch den Denkmalschutz vor diesem Schicksal sicher. Welch ein genialer Plan, oben war immer noch der Kulturverein LaBum ansässig, der dort, wie sie erfahren hatten, schon kurz nach der Wende seinen Platz gefunden hatte. Die Kellertür, die sie gerade hinter sich gelassen hatten, macht von außen einen ganz normalen Eindruck, der sich aber im Innenraum sofort relativierte. Normal war hier gar nichts. Das Blechdesign von außen wurde von innen durch aufgesetzte Tresorplatten verstärkt. Aber der eigentliche Wahnsinn sollte erst noch kommen.

Der letzte Monat war durch Observationen gekennzeichnet gewesen, die an über zweihundert Objekten durchgeführt worden waren, immer mit ausreichendem Abstand, ging es doch ausschließlich um den Personenkreis, der diese Orte frequentierte. Keiner der beteiligten Ermittler hatte je zuvor eines dieser Objekte betreten. Nachdem sich der Verdacht bestätigt hatte, war ein Europol-Trojaner im Netzwerk installiert worden, und nun war es soweit, sämtliche Observationsziele wurden zeitgleich geöffnet und sichergestellt.

Moulin, Simond, Renard, Wehner und Nicole hatten beschlossen, in Halle dabei zu sein, da sich dort der Zentralrechner befand. Doch das, was sie jetzt sahen, übertraf völlig ihre Erwartungen. Die dreißig Zentimeter dicke Tresortür war von Spezialisten geöffnet worden. Die Wand, auf die sie blickten, war etwa fünfzehn Meter lang und bestand aus ge-

schätzt zwanzig Regaleinschubsystemen, in denen wiederum circa vierzig blinkende, miteinander verkabelte Rechner standen. Am Abschluss der Reihe befand sich ein kleiner Durchgang, und das ganze wiederholte sich noch drei Mal, bis das Ende des Raumes erreicht war. Die Luft hier war warm und verbraucht und alles war von einem eindringlichen Geräusch untermalt, welches die unzähligen Lüfter erzeugten, die zur Kühlung der Prozessoren installiert waren. Alle mussten vor Betreten des Raumes Einweganzüge sowie Handschuhe und Überzieher für die Schuhe anziehen. Spezialisten hatten bereits damit begonnen, die schier unendlichen Datenmengen auszuwerten. Im Vorraum des hochgesicherten Rechnerraumes standen ein großer Kopierer und ein Schredder, der mit Schnipseln von vergilbtem Papier gefüllt war, welches dem ersten Anschein nach auch kreuzgeschreddert war. Daneben befanden sich Gitterwagen, auf denen sich Säcke mit Schreddermaterial stapelten.
Staatsanwalt Schubert, der ebenfalls vor Ort war, gab seinen ersten Kommentar ab.
„So, wie es aussieht, haben die hier alte Stasiakten digitalisiert. Die müssen sich ihrer Sache ziemlich sicher gewesen sein, dass ihnen niemand draufkommt", sagte er sichtlich beeindruckt.
„Das ist Arbeit für Monate. Zumindest konnten wir den erneuten Erpressungsversuch vereiteln und den Geschädigten von Aranea vor sechs Wochen ihre PCs wieder freischalten. Bei den geschredderten Akten gehen wir davon aus, dass es sich um Stasiunterlagen handelt. Hoffen wir mal, dass das alles schon digitalisiert ist", fuhr Schubert fort, wobei er mit der Hand in einen der Säcke griff, der geöffnet neben einem

der Gitterwagen stand, „ansonsten wird das schwierig mit dem hier."

Er hielt eine Hand mit quergeschreddertem gelblichem Papier vor sich, schaute es mit Stirnrunzeln an, um es wieder zurückzulegen.

„Nach unseren Erfahrungen sind nur die immens wichtigen Akten solch einer Behandlung zugeführt worden."

Schubert genoss seinen letzten Satz sichtlich. Er, der Staatsanwalt aus dem Westen, kurz nach der Wende hierher beordert, hatte nun diesen Fall, wo ihm noch vor wenigen Jahren niemand die Kompetenz zugetraut hatte. Die ostdeutsche Seele sei ihm fremd, das war der schlimmste Vorwurf gewesen, den ihm die jungen Wilden, seine Neider und diejenigen gemacht hatten, die glaubten, er sei nicht der Richtige für diesen Job.

Doch auch das hier war ein Produkt „ostdeutscher Seelen". Schubert wertete diesen Vorwurf, nachdem er sich hier umgesehen hatte, im Nachhinein fast als Kompliment.

Simond, Renard und Moulin ließen sich die ersten Ergebnisse von Nicole übersetzen, die, sichtlich beeindruckt von dem Vorgefundenen, versuchte, sich zu konzentrieren. Einzig Wehner hatte sich wenig verändert. Er hatte darauf verzichtet, sich den Raum mit den Rechnern anzusehen, und stand mit seinem karierten Jackett inmitten der mit weißen Schutzanzügen herumwuselnden Männer und Frauen, rieb sich über seinen kahlrasierten Schädel, holte sich einen Lolli aus der Jacketttasche, den er extra für diesen Moment eingesteckt hatte, und steckte diesen genüsslich in den Mund. Dann brummelte er ein leises: „Entzückend", vor sich hin, verschränkte die Arme und genoss den Augenblick.

Viel hatte er in seinem Leben über die Zeit, in der er geboren wurde, nachgedacht. Ob es richtig gewesen war, damals, zu Ostzeiten, zur Polizei zu gehen. Zumindest nach der „Garagenrepublik", diesem mysteriösen Ereignis in Schraplau, dessen Tragweite er damals nicht annähernd erahnte, hatte er sich diese Frage oft gestellt. Und nun das! Wer hätte geahnt, dass so lange nach der Wende diese Menschen, die für sich in Anspruch genommen hatten, die bessere Gesellschaft aufzubauen und alle bespitzelt und diejenigen unterdrückt hatten, die nicht mitmachen wollten, immer noch so aktiv waren und ungestört, als wäre nichts geschehen, ihre perfide, menschenverachtende Arbeit weiterführten, wenn auch unter wahrlich nicht kommunistischen Vorzeichen, einzig dem schnöden Mammon verpflichtet.

Heute konnte sich Wehner die Antwort geben auf diese Frage, die ihn so lange beschäftigt und ihm einige schlaflose Nächte bereitet hatte. Ja, es war richtig gewesen, dabeizubleiben, all die schwierigen Jahre über und auch, als dieser Brandstätter aufgetaucht war und ihm den Posten wegschnappte, der eigentlich ihm zugestanden hätte.

Wehner merkte, dass er kurz davorstand, einem emotionalen Ausbruch zu erliegen. Er wischte sich heimlich eine Träne ab, die ihm über die Wange lief, und hatte das Gefühl, dringend an die frische Luft zu müssen.

Moulin, Renard und Simond teilten sich die letzten Wochen ein Büro in der Europolzentrale in Den Haag. Die Arbeit wuchs ihnen anfangs über den Kopf. Doch dann beschloss man, für diesen Fall die Abteilungen „Illegale Drogen", „Menschenhandel", „Geldwäsche" und „Aufspüren von

Vermögenswerten" zusammenzulegen, und nun ging es endlich vorwärts.

Renard hatte Erfolg mit seiner Anzeige im Fachmagazin für Zahnärzte. Die Frau eines Zahnarztes, der vor kurzem verstorben war, hatte sich bei ihm gemeldet. Sie hatte nur durch Zufall nochmal die aktuelle Ausgabe des Magazins durchgeblättert, weil sie nach der Adresse suchte, um dieses abzubestellen. Dabei war sie auf die Annonce mit diesem übergroß abgebildeten Zahn gestoßen, an den sie sich genau erinnern konnte.

Ihr Mann hatte damals einen Teil der Kosten dieser aufwendigen Arbeit übernommen, in der Hoffnung, dass sie davon nichts mitbekäme. Er hatte derzeit ein Verhältnis mit der jungen, attraktiven Frau gehabt.

Als Renard den Namen mit den Vermisstenmeldungen aus der besagten Zeit abglich war klar, dass es sich hierbei um die junge Frau handelte, deren Mutter sie als vermisst erklärt hatte. Diese lebte zwar inzwischen nicht mehr, aber zumindest die Tochter der Vermissten hatte nun endlich Klarheit darüber, was mit ihrer Mutter passiert war.

Das Bundesamt für Sicherheit in der Informationstechnik und das BKA hatten die besten Spezialisten mit der Auswertung der Unmengen an Daten abbeordert, und so nach und nach ergab alles einen Sinn. Das Netz bekam immer mehr Löcher und ein Haftbefehl nach dem anderen wurde vollstreckt.

Klappblau allerdings blieb unauffindbar. Seine Villa auf Ibiza wurde gestürmt, aber man fand dort nichts Belastendes. Trotz der Aussage von Bernd Hausmann konnte man ihm in Spanien nichts nachweisen. Dass er mit seinen Helfershelfern dabei war, den Drogenmarkt, genauer den von

Crystal Meth, zu übernehmen, war unstrittig, aber es ließen sich halt keine Beweise finden.

In Deutschland und Frankreich sah es da schon anders aus. Der Zugriff auf den Server von Hochkönigsburg konnte eindeutig der Sicherheitsfirma Secur zugeordnet werden. Simond hatte mit seinem Verdacht, dass der Anschlag auf ihn mit dem Bernsteinzimmer zu tun hatte, ebenfalls vollkommen richtiggelegen. Die Akten der Kommandoeinsätze „Katzengold" und „Abseits" waren schon digitalisiert worden, und das bestimmt nicht, weil die Herren vergesslich waren, ganz im Gegenteil. Es war nahezu unglaublich, welche Namen darin auftauchten, die dadurch ihr Leben lang mit diesem Wissen erpressbar waren.

Die drei französischen Kommissare fühlten sich bestätigt, doch in manchen Details waren sie nicht ansatzweise in der Lage gewesen, so perfide zu denken, wie es nötig gewesen wäre, um diesen Verbrechern auf die Spur zu kommen.

Der große deutsche Telekommunikationskonzern beabsichtigte, nach Abschluss des Falles das alte DDR-Telefonnetz zurückzukaufen, welches sie einst entfernen lassen wollten. Schnelles Internet wäre so in Rekordzeit bis in die letzten entlegenen Gebiete der neuen Bundesländer möglich, hieß es. Und, was auch nicht unwichtig wäre, man könnte so Milliarden einsparen.

Das immense Ausmaß der Industriespionage brachte die Ermittler dann aber schon zum Staunen. Wie sorglos deutsche Hightech Unternehmen ihr geistiges Eigentum durchs Netz schickten war schon sehr merkwürdig. Durch das Abfangen automatischer Software Updates auf den Firmenrechnern hatte das Rote Netz kinderleicht über diese Lücken die passenden Trojaner installieren können und war dabei wie das

Darknet vorgegangen. Nur, dass die Server nicht auf den Fidschiinseln oder sonst wo standen, sondern allesamt in Ostdeutschland. Und wäre doch einmal ein Trojaner entdeckt worden, so ließ seine Herkunft sich nicht nachverfolgen.

Aber auch Kurioses gab es zur Genüge. Jetzt war man beispielsweise in der Lage zu beweisen, dass ein großer Autokonzern seine Abgasvorrichtungssoftware von Dieselfahrzeugen absichtlich manipuliert hatte, weil sonst eine Konformität mit den Abgasnormen pro Fahrzeug die Herstellung um circa achtundvierzig Euro verteuert hätte. Die Aufarbeitung dieser umfangreichen Informationen und ihre juristische Prüfung und Einordnung würde noch Jahre dauern, darin waren sich alle einig.

Wehner hatte sich in den Ruhestand versetzen lassen. Er hatte seinen Frieden gemacht mit seinem Karriereverlauf bei der Polizei.

Nicole stellte, kurz nachdem sie ihren neuen Freund kennengelernt hatte, fest, dass sie schwanger war.

So blieb nur das alte französische Trio übrig, allerdings mit Einschränkungen. Renard hatte die Erlaubnis seiner Freundin, bis zum Abschluss des Falles dabeizubleiben, das sagte er zumindest immer mit einem Augenzwinkern. Danach wollte er wieder nach Colmar zurück, zu Brigitte.

Holger hatte sich in seinem neuen Leben eingewöhnt. Die Arbeit machte ihm Spaß, die Wohnung war schön, alles lief super. Er dachte auch immer seltener an Anna. Holger hatte wieder angefangen, Sport zu machen. Ab und zu joggte er auch schon mal mit Kollegen zusammen oder ging abends mit auf ein Bier. Die ersten Kontakte waren geknüpft. Gisela, seine Psychologin, war zufrieden und erschien nur noch sporadisch.

Nach ihrem letzten Besuch ging Holger noch eine Runde laufen, als er auf der anderen Straßenseite diese rothaarige Frau sah. Reflexartig drehte er sich nach ihr um, bevor er auf den Fußgängerüberweg einbog, der zu seiner Laufstrecke an der Alster führte, als plötzlich Reifen quietschten und ein alter brauner Kombi direkt vor ihm zum Stehen kam. Einige Passanten blieben erschrocken stehen, während der Fahrer des Wagens die Scheibe runterkurbelte. Er trug halblanges Haar, das seine Ohren bedeckte, und einen Vollbart.

„Sei die nächste Zeit ein bisschen vorsichtiger, Bernd", sagte er lächelnd, blickte sich kurz um und fuhr davon.

Holger fühlte sich wie vom Blitz getroffen. Als der erste Schock vorbei war, fiel ihm ein, wo er den Mann schon mal gesehen hatte. Im Roten Ochsen, das war Erich Lehmann!

Übersetzungen

Seite 23	Racaille	Abschaum
Seite 48	Ça va?	wie geht's?
Seite 53	c'est incroyable	das ist unglaublich
Seite 53	Comment?	Wie bitte?
Seite 145	Merde	Scheiße
Seite 153	magnifique	wunderschön, herrlich
Seite 173	ces imbéciles	diese Idioten